國王
王様ゲーム 臨場
遊戲
金澤伸明
NOBUAKI KANAZAWA
臨場

國王遊戲〈臨場〉

國王遊戲 臨場

◆目次◆

吳廣高中——2010年6月

【6月2日（星期三）晚間10點5分】

我的名字叫兒玉葉月，是個非常喜歡看恐怖故事和探索神秘超自然現象的17歲少女。平常的我，喜歡上網搜尋這類的題材。

「不知道我會不會收到國王的簡訊呢？真想體驗一下那種恐怖的感覺。」

有一天晚上，我這樣自言自語著，坐在電腦前面，開啟了搜尋網站，輸入【國王遊戲】這幾個字。搜尋引擎自動提供了【國王遊戲　小說】這樣的選項。

「原來是小說啊。——要是真的發生這種事，不知道會怎麼樣？說不定很有趣呢。倖存下來的主角，不知道後來怎麼樣了？」

這時，我的手機鈴聲響了起來。

——嘟嚕嚕嘟嚕嚕。【收到簡訊：1則】

【6／2星期三22：12　寄件者：大澤麻美　主旨：國王遊戲　本文：這是你們全班同學一起進行的國王遊戲。國王的命令絕對要在24小時內達成。※不允許中途棄權。＊命令1：女生座號7號・兒玉葉月，要向濱田翔梧告白。　END】

「嗄？怎麼會？我也收到國王的簡訊了？——什麼嘛，原來是麻美寄的啊，討厭！」

我打開了手機的電話簿，撥電話給麻美。

「麻美，妳搞什麼嘛！怎麼寄這種惡作劇簡訊給我？」

『這是我下達的命令！哎呀，有什麼關係嘛，妳就去跟翔梧告白啊！妳不是從以前就很喜歡他嗎？別跟我裝蒜喔。』

「我才不想聽從妳的命令去告白呢！」

『不服從命令的話，會遭受懲罰喔～』

「別開玩笑了！」

『這是葉月妳之前跟我說的耶！好啦，明天要加油喔！』

「等一下、麻美！」

電話那一頭就這麼掛斷了。

「真是的！」

不過，仔細想想，差不多也該要告白了吧？喜歡翔梧已經將近一年了，卻一點進展也沒有。除了偶爾眼神交會，害我心頭小鹿亂撞之外，根本什麼進展都沒有。

「國王啊，拜託你，傳簡訊給翔梧吧！就傳【翔梧要向葉月告白】的國王簡訊吧！」

唉，不過那終究是小說裡虛構的情節——於是我又回到了現實。

話說回來，小說裡出現的那個【夜鳴村】真的存在嗎？如果真有這樣的村子，地點又在哪裡呢？

我開啟了恐怖奇譚的專門搜尋網站，鍵入【夜鳴村】幾個字。

【因為夜晚會聽到野獸鳴叫，故取名為夜鳴村。】

【夜鳴村現在已經不存在了。】

【絕對不可以去那個地方。】
有【野獸鳴叫】耶，真是有夠恐怖的。現在不存在的意思是，這村子以前曾經存在囉？
「雖然註明了【絕對不可以去那個地方】，不過越是這樣講，我就越想去看看！啊～」
因為真的很想去夜鳴村看看，所以，我又在電腦上尋找相關資料。
這樣看著看著，我的腦海裡逐漸產生了比較明確的概念。
「這個夜鳴村，好像距離這裡不是很遠嘛。」
搭電車再轉乘公車的話，大概不用兩個小時就能抵達了。
我改用手機開啟【國王遊戲】的網頁，再一次確認故事的細節。
「絕對沒錯，就是這個村子！我還以為故事已經結束了呢，怎麼還有後續——咦？這個學校，該不會是——」
難道【國王遊戲】真的發生過？
「啊～那個學校叫什麼名字來著？一年前我們還跟那個學校進行過友誼賽呢——。如果到了那個學校之後，可以看到金澤伸明的話……」
我的好奇心一下子衝到了頂點。
「那個學校——還有夜鳴村——總之，先去看看再說吧！」
我趕忙撥電話給麻美。
『什麼事？妳明天打算鼓起勇氣向翔梧告白嗎？』
「不是那件事啦！大概一年前吧？我們不是去過一個很偏僻的鄉下學校嗎？那個學校的操

場非常大，而且他們的足球隊很強，妳記不記得？」

『喔喔～有點印象，好像叫……』

「加油！快點想起來啊！」

『吳廣高中？好像是叫這個名字。』

「沒錯！是吳廣高中！謝啦！明天放學以後妳有事嗎？」

『是沒有打算要做什麼啦。』

「那就把時間留給我喔！說不定我們可以碰上史上最有趣的體驗呢！」

『是恐怖體驗嗎？還是要去有靈能的傳說地點？』

「不是那種啦！是更更更不得了、超級過癮的體驗！」

『是什麼嘛？』

「明天再告訴妳！一定要把時間空出來喔！」

『知道啦！知道啦！』

麻美一面說著『真受不了妳』，一面掛上了電話。

【6月3日（星期四）下午2點32分】

這天只有上午的半天課，我和麻美一放學，就把東西收拾好，出發前往吳廣高中。

「嗳，這個學校發生過什麼事嗎？不要賣關子了，快點跟我說啦。」

「再等一下下！要等到最後一刻，那樣才過癮！」

「這個學校很普通啊，哪裡可怕了？難道有殺人魔？」

「從某個角度來說，算是殺人魔吧？」

「真的假的？妳在唬我吧？」

「我們兩個不會有事啦！」

「嗄？」

我們像隔著窗戶偷窺民宅的小偷那樣，躲在校門旁的陰影中，小心地窺伺校內的動靜。

「我還在想呢，怎麼裡頭鬧哄哄的啊？原來是運動會啊。」

「嗳、嗳、葉月，妳看妳看！那裡有個怪人耶。」

麻美一面這麼說，一面拍拍我的肩膀。

「在哪裡？」

我朝麻美手指的方向望去，只看到一個男生，隔著圍欄望著校園內。

「有沒有，很可疑吧？」

雖然麻美說「很可疑」，但是我卻一點也沒有那樣的感覺。

那個男同學，臉上露出悲傷的表情，好像正為了什麼而苦惱著，一臉想要求助的樣子。他的眼神，就像是在望著自己最重要的人一般，可是，其中又充滿了複雜的情緒——

「妳看他那個眼神，一定是在看他喜歡的人吧。說不定他是跟蹤狂喔？」麻美這麼說道。

「我覺得不像。」

「一定是啦！」

當我們正在爭論的時候，那個男生突然用頭抵住鐵絲網圍籬，接著，又用頭撞了鐵絲網好幾下。

「葉月，看到沒，那傢伙腦筋有毛病耶。」

我無言地看著這個光景。

「哇！他把手機拿出來了！是要偷拍女孩子的照片嗎？」

「要不要去跟他聊聊？」

「妳別傻了！太危險了啦！」

「麻美，妳不要拉著我！放手啦！」

「就跟妳說不要亂來嘛！」

麻美緊緊地抓住我的手臂，大概不希望我自己一個人走去找那個男生吧。

「那種怪胎，妳想跟他說什麼？」

「我只是覺得，那個男生並不是普通人。」

「我剛才不也跟妳說過了嗎，我說他『很可疑，絕對不是普通人』，妳應該有聽到吧！」

「我不是那個意思啦。我也不知道該怎麼解釋——我只是覺得，他可能經歷過不平凡的人生，好像過去曾經體驗過什麼悲慘的事情。」

「大不了就是被女朋友甩了嘛，還有什麼別的解釋？一定是想愛又愛不到的陰沉少年！」

就在此時——

「金澤伸明同學，請立刻到運動會本部來。」學校開始廣播了。

聽到這廣播的瞬間，我的雙腿差點癱軟下去，眼睛也失去了焦點。隔了一會兒，才回過神來，一面喃喃自語，一面露出微笑。

「原來真的有金澤伸明這個人——原來【國王遊戲】真的發生過啊？」

這一刻，我早已把身邊的麻美忘得一乾二淨了。

「喂、葉月，妳怎麼啦？」

「居然有這麼不可思議的事——照這麼說，接下來，悲劇又會在這裡重演囉？」

「快點解釋給我聽啦。」

我的身體不停地顫抖。

是因為欣喜？還是因為震驚？抑或是因為恐懼？

也不知該怎麼形容這時的反應——我的身體竟然劇烈地顫抖起來。我好不容易才壓抑住心神，小聲地跟麻美說道：

「麻美，或許說了妳也不信，可是，這個學校有可能會發生很嚴重的事。比任何恐怖電影和靈異傳說地點都還要可怕，能夠讓我們體驗到真正的恐懼。」

「我怎麼聽不懂妳在說什麼？」

「拜託妳，去把那個男生攔下來。我現在雙腿發軟，不能動了。」

「剛才那個用頭去撞鐵絲網的男生嗎？他已經走啦。」

「什、什麼！快去追啊！」

「追不上了啦！」

「那麼——就去調查，查出金澤伸明是哪一班的！」

然後我把事情的來龍去脈全部說給麻美聽。

一個禮拜前，我在某個手機網站上看了一部名為【國王遊戲】的小說。小說描寫的是一個令人難以置信的故事。

——某個學校的某個班級有32個學生，都收到了署名【國王】的人所發出的【國王簡訊】，簡訊裡寫著神秘的命令。命令每天都會準時在午夜0點寄達，要是學生沒有在24小時之內達成任務，就要受到懲罰。

最初的命令是【接吻】之類的簡單命令。可是，隨著遊戲的進行，命令的層級會越來越高，最後變成像是在玩弄人命一般，發出令人作嘔的可怕命令。

沒有人能夠逃離這個遊戲，凡是把門號解約、把手機弄壞的人，都會遭受懲罰。

簡而言之，就是要服從命令，不然就得接受懲罰。

原本一團和氣的班上同學，漸漸地被撕裂，彼此仇視。

殘酷的命令讓人性瓦解，再也沒有秩序可言。

學生們只能在苦惱中，做出痛苦的決定。有人為了保護自己心愛的人，寧可自我犧牲。卻也有些人趁人之危，藉著國王的命令來報復他人，害死自己所憎恨的人——

班上的同學一個接一個死去，到了最後，只剩下失去女友與好友的金澤伸明一個人生還。

後來，金澤伸明收到了神秘的簡訊【將你們全部三十一個人的性命奉獻犧牲，藉以換取本多奈津子的復活。】，沒多久之後，又收到了下一則命令【選擇要繼續國王遊戲或是接受懲罰】。金澤伸明這個人，在痛苦的壓力下，決定【要繼續國王遊戲】。因為，他要親手終結這樣的【國王遊戲】——

兩個禮拜後，金澤伸明轉學到另一所學校就讀，在班上，他遇見了一個名叫本多奈津子的同學，故事就在這裡結束了。

「我想，他後來就讀的學校，就是我們現在所在的這個吳廣高中吧。」

「怎、怎麼可能有這種事！我雖然還沒把故事看完，可是……那是小說情節啊！」

「那該怎麼解釋才正確呢？這麼多的巧合，妳能說明嗎？還是快點調查清楚吧！」

「葉月，不要啦！真的很恐怖耶。我覺得，再繼續追查下去的話，我們一定也會被捲入其中。」

「本多奈津子應該還在學校裡吧？」

「妳在說什麼？別這樣啦！真的會被捲進去喔，我勸妳最好不要亂來！」

我甩開了麻美使勁想要拉住我的手。

「放開我！我非去不可！這說不定是上天賦予我的使命呢！」

我穿過校門，走入校內，旁邊有兩個男生看到我，露出了疑惑的神情。

「妳來我們學校有什麼事嗎？」

其中那個高個子開口問了。

「我想要見見本多奈津子！你知道她是哪一班的嗎？」

「葉月，不要這樣啦！」麻美哭喪著臉，又跑來抓住我的手腕。

「放手啦！你們知道的話，可以告訴我嗎？」

「本多奈津子？我沒聽過耶。直之，你認識嗎？」

旁邊那個比較矮的男生突然「啊」地叫了一聲。

「是不是剛才大隊接力的時候，那個一口氣超越好幾個人，奪下第一名的女生？我聽到他們好像都大喊著『奈津子加油』呢。」

「喔喔，是那個女生嗎？她真的很厲害呢。」

「她是幾年幾班的，可以告訴我嗎！」

「她就在那裡啊！」

我朝著那個名叫直之的男生伸手指的方向看去，看到了一個穿著純白體育服、肩上掛著代表接力賽最後一棒的紅色肩帶的女生，用非常快的速度跑著。

珍珠色的皮膚、清晰的雙眼皮、淺粉紅色的嘴唇、留到脖子的短髮。

絕對錯不了，那個人就是本多奈津子。

頓時，我感覺地面像是有數百隻毛毛蟲，朝我的身體爬了上來。先是腳尖，然後是大腿、背部、頸子，最後爬到頭頂，一陣怎麼甩都甩不掉的麻痺感襲來。

這太過於真實的衝擊，直接呈現在我眼前，讓我什麼話都說不出口。可是，我的雙腳卻不由自主地朝正在跑步的本多奈津子走去。

我非見她一面不可——

「喂！妳們不是我們學校的學生吧！不可以隨便闖進來！」

突然出現的男老師，抓住了我的手腕。

「拜託你放開我，我想跟本多奈津子說話！我有很多事想問她，非問她不可！」

「本多奈津子？我們學校沒有叫這個名字的學生喔。」

但是旁邊的男同學打岔說道：

「不對啦，老師！是轉學生啦。有個轉學生長得超可愛的，很受大家歡迎，還有男生說要為她成立粉絲俱樂部呢。

不過，我是有聽到一些流言啦，說她在以前的學校是個問題學生，大概是惹出了什麼亂子吧？唉，那麼開朗又可愛的女生，真是令人難以置信呢。」

那個男生一邊說著，一邊用食指摸摸眼角，裝出一副快要哭的表情。

本多奈津子是轉學生嗎？

金澤伸明也是轉學生。

在前一個學校，本多奈津子是問題學生？發生過什麼不得了的事情嗎？非轉學不可的話，應該是很嚴重的問題吧——

當腦子裡正在分析這些疑惑時，奈津子已經從我的視線消失了。

我詢問站在老師身旁的那個男生，想知道奈津子在轉學之前，念的是哪一所學校。

「呃……好像是紫悶高中的樣子。」

我閉上眼睛思考著，然後——

「麻美，妳在這個學校繼續查！我要到奈津子轉學前念的紫悶高中去看看。」

麻美的表情因為恐懼而扭曲了起來。

「我才不要。葉月，妳這麼做太危險了。」

我把手放在麻美的肩膀上，拼命地想說服她。

「如果妳察覺到危險的話，逃跑就行啦！拜託啦，麻美，妳在這個學校打聽看看嘛。」

麻美露出快要哭出來的表情，不停地搖著頭。

「我們不應該去調查那些禁忌的事情才對……」

「麻美，拜託妳！」

「好啦，我知道了！」

「謝謝！查到什麼的話，馬上打電話給我喔。要是覺得有危險，就趕快逃跑。我也會注意自身安全的。」

「要是真的發生什麼事，妳要負全責喔。」

我用認真的表情點了點頭，然後就離開了麻美。

一路上，我一面奔跑，一面雙手握拳，藉以凝聚自己的意志。

——麻美，真的很謝謝妳，願意答應我這個無理的要求。妳是我最重要的好朋友，要是我讓妳身陷危險之中，那就太罪過了。

嗯，說不定，我這樣做是錯的。

可是，請妳一定要體諒，麻美。就和金澤伸明內心的盤算一樣，我也想要終結這個【國王遊戲】。這種讓班上同學彼此憎恨、互相殺戮的悲劇，根本不該再度發生。這並不光是我的好奇心在作祟，打從我第一次看到這個故事起，我的內心就有了莫名的預感，這個悲劇將會重演，說不定哪天就會降臨在我們頭上，所以我——

我之所以要去奈津子轉學前念的學校，就是因為我感覺那裡更加危險。雖然不知道為什麼會產生這樣的預感，可是，就是不自覺地令人感到恐懼。

不過，我是絕對不會逃避的。

【6月3日（星期四）下午3點20分】

我坐上市營電車，轉乘ＪＲ列車，最後搭上了當地的民營電車。電車一開動，我便環顧車廂內，找了一個老舊泛黃的座位坐下。

這種地方線的民營電車，有種特殊的陳舊感。車廂有多處生鏽，搭乘的客人不多，一雙手就能數完。

一個阿伯大刺刺地坐在兩兩相對的雙人座位上，打開報紙，看不見他的臉。

一個大嬸把購物袋放在自己身旁的座位上，臉上露出平靜的笑容。

這裡沒有那種會在電車內大聲喧嘩嘻笑的人，也沒有埋頭專心玩著手機的人。

電車行進了大約30分鐘左右，前方出現了一座高大的山，隨即就被吸入狹窄且陰暗的隧道內。

風的聲音突然變得高亢起來，讓人不禁產生耳鳴。

窗戶的玻璃就像鏡子一樣，反射車內的一切，我的臉、熟睡的阿伯和大嬸，還有沒人坐的座位，全都被染成了橙黃色。

過了好一陣子，電車才駛出隧道。我覺得通過隧道的時間好久，所以拿起手機來確認時間，結果發現才過了不到2分鐘而已。

我再度望向窗外。

穿越隧道之後，所看到的不是雪鄉——而是百分之百的鄉下小鎮。

房舍、田野、山林……就好像一直停留在這裡，保持著古老的原貌，沒有因為時間流逝而有任何改變。

我呆呆地望著窗外風景，這時，電車開始減速了。最後，緩緩地在車站月台邊停了下來。電車的門開啟時發出「噗咻」的響聲，一股大自然所獨有的花草樹木清新香氣灌入我的鼻腔，讓人心情頓時變得無比愉悅。

可是，我的內心卻覺得忐忑不安。這股不安不斷地擴張開來，和周遭寬闊的大自然恰巧相反，在我的胸口造成強烈的壓迫感。

我走下了電車，用牙齒咬了咬嘴唇。

向前邁出無比沉重的一步之後，手機上的衛星導航地圖便顯示出紫悶高中的位置，引領著我向前走去。

當我停下腳步時，太陽已經西斜。此刻的我站在紫悶高中的校門口。

夕陽照耀著校舍、校門，還有無人的操場。操場的那一頭，有棟建築物像是在施工似地掛上了防水布。照著校園配置圖來看，那裡標示著「別館」。

我對親眼所見的光景感到疑惑。一股寒氣竄上頸椎，甚至隱隱作痛。肩膀湧現的寒氣，順著背脊一路往下滑。

我摸摸關著的校門，校門上掛著一塊木牌，上頭寫著：

【閉校・禁止入內】

喉嚨好渴，我需要補充水分，也需要保持平常心。恐懼在我的內心萌芽，雖然我想要拔除那些恐懼的幼苗，但是卻辦不到。

深深地吸了一口氣之後，我攀爬越過校門，進入了校園之中。

這時，風向改變了。濕熱的空氣包裹住我的全身，好像趕不走的蒼蠅一樣，緊緊地貼住我。

眼前是一棟老式的校舍建築。我邁開腳步，走向校舍。

在校舍的正面，有個依舊在準確計時的白色大時鐘。因為髒汙而泛黑的校舍牆壁上，如同棋盤一般整齊排列著窗戶。

我來到校舍的正面玄關前。

窗戶玻璃已經被打破了，看來像是用堅硬的石頭扔進去所造成的。我用手指輕輕觸摸碎裂的玻璃邊緣，銳利得彷彿能夠輕易割破指尖。

我用力握住門把，感到一陣冰涼。

接著，我使勁扭動門把，打開了吱嘎作響的大門，走進校舍內部。

校舍內早已經荒廢。我閉上眼睛，想像著那些我眼睛所看不到的事物。

在我腦海裡湧現的是死亡、悲傷、還有苦惱的氣氛——

校舍裡充滿了木頭腐朽的氣味，當我閉上眼睛時，這股氣味變得格外清晰。

往右方踏出一步，木頭地板發出了軋軋的聲音。一旁學生用的鞋架上，沒有放任何一雙鞋，地板上則留下了一個裝著體育服的布袋。

從外頭滲入室內的夕陽光芒，將窗戶的外型鮮明地映照在走廊的地板上。

在其中一個窗戶的陰影中，有個東西吸引住我的目光，那是走廊上的一大片血跡，將近有一件T恤那麼大。

那是再怎麼用力、也無法用抹布擦掉的血跡。

一股難以言喻的恐懼感侵蝕著我的身體，從我的腳趾延伸到雙腿，又從雙腿延伸到背脊，最後從背脊延伸到頭部。

在現代的這個社會裡，撇開意外事故死亡、病死、被人所殺，或是自殺不說，只要避開這些災禍，人們通常都能夠安享天年，終老一生。可是，卻有人打破了這樣的社會常識，死於其他的原因。

身體被莫名地肢解，在慘叫中死去——

我低垂著眼簾，望著地面，一面避開地板上的血跡，一面繼續往前走。

當我抬起視線時，透過窗戶，看到了教室內部的景象。老師的辦公桌和學生的桌椅被凌亂地推倒在地，好像有人要砸毀桌椅似的，黑板上則是留下龜裂的痕跡。

這景象已經偏離人類的正常行為了，感覺不像是我們所居住的這個世界會發生的事。

我趕緊快跑通過走廊。

還有別間教室，可是我卻不敢多看一眼，直接通過走廊，跑到另一頭的階梯。就像是有一股無名的力量在牽引著我似的，想把我帶往二樓。

在一樓和二樓之間的樓梯平台上，我停下了腳步。因為那裡堆滿了桌椅，就像一堵牆，塞住了通往二樓的路，彷彿城寨一般牢不可破。

堆高的桌椅比我的身高還要高上20公分。
我嚥了一口口水，打定主意，開始一個個地搬開桌椅，拆毀這道城牆。好不容易總算清出了可以讓一個人通過的空隙，於是我扭曲著身體鑽了過去。
來到二樓之後，我到最靠近階梯的教室前張望。
黑板被夕陽的光芒染紅，上頭寫著一些字句：
【饒不了你　下一個就輪　你　人　你殺　吧　直美的遺體藏　哪　了　和奈津　等著】
有部分的文字被擦掉了。
我打開教室的門，走進教室裡。大概是西曬的緣故吧，教室裡異常悶熱。
我的脖子冒出冷汗，腦海裡則是想像著被擦掉了什麼字。
【下一個就輪到你了】
【人是你殺的吧】
【直美的遺體藏到哪裡去了】
【和奈津子等著】
我想起先前在吳廣高中問到的情報，也就是伸明和奈津子現在就讀的學校。
『是轉學生啦。有個轉學生長得超可愛的，很受大家歡迎，還有男生說要為她成立粉絲俱樂部呢。

不過，我是有聽到一些流言啦，說她在以前的學校是個問題學生，大概是惹出了什麼亂子吧？唉，那麼開朗又可愛的女生，真是令人難以置信呢。』

奈津子的過去，究竟隱藏著什麼樣的秘密呢？

過去又發生了什麼事？

我穿過桌子之間的走道，來到教室正中央，然後環顧教室內部。

被夕陽染紅的黑板、半開的窗戶、以及沾染汙漬多處裂痕的窗簾。打掃工具櫃的門敞開著，裡頭放著三支掃把。

教室後方的牆上，貼著一些不知道是什麼的獎狀。當視線掃到教室角落時，一根木頭的柱子——吸引了我的視線。

【國王是誰】

那是用麥克筆寫在柱子上的文字。我感覺柱子正逐漸向我逼近，但實際上是我的眼神太過專注看著柱子的緣故。

這段文字，就像是在向我訴求一般。

——國王是誰？

【國王遊戲】。原來奈津子也體驗過【國王遊戲】！並不是奈津子在以前的學校裡惹出過什麼亂子，而是奈津子被捲入了【國王遊戲】的混亂意外之中。

伸明和奈津子如今就讀的是同一所高中。照這麼說來，體驗過【國王遊戲】的人，在同一所學校裡就出現了兩個。兩人都處在同一個空間裡。

除了「命運」這兩個字以外，我實在想不出其他字句可以形容了。

那前所未有的恐懼，緊緊地抓住我的心。我不由得向後退了一步，砰的一聲撞倒了身後的桌子。

當桌子翻倒時，抽屜滑開了一半，裡頭只見到一本很平凡的筆記本，封面上寫著【飼育動物的觀察日記】幾個字。

我蹲下身子，不由自主地伸手拿起筆記本，翻開了封面。

第一頁，就像是我用手機上網看過的小說一樣，寫著【國王遊戲】那毫無通融餘地的遊戲規則。

啪啦啪啦地翻過幾頁，在筆記本的正中間，貼了一張紙，那是班級點名簿之類的東西。上面記載著班上有32位同學，可是，將近有三分之一的人，名字已經被人用黑色麥克筆塗銷了。

我再繼續看下去，原來，這是距今大約1年前，本多奈津子所在的班級，曾經體驗過的搏命遊戲的壯烈記錄——。

紫閲高中【命令7】——2009年6月

遊戲規則

1 全班同學強制參加。
2 收到國王傳來的命令簡訊後，絕對要在24小時內達成使命。
3 不遵從命令者將受到懲罰。
4 絕對不允許中途退出國王遊戲。

班級點名簿

1 石田猛（Ishida Takeru）
2 [redacted]
3 川口哲也（Kawaguchi Tetsuya）
4 兒玉友美（Kodama Tomomi）
5 [redacted]
6 [redacted]
7 佐佐木美鈴（Sasaki Misuzu）
8 [redacted]
9 佐竹舞（Satake Mai）
10 田中左馬進（Tanaka Samanoshin）
11 西川渡（Nishikawa Wataru）
12 新田佑（Nitta Yuu）
13 原田千夏（Harada Chinatsu）
14 半田太一（Handa Taichi）
15 柊命（Hiiragi Mikoto）
16 日野慎二（Hino Shinji）
17 深田早苗（Fukada Sanae）
18 [redacted]
19 本多奈津子（Honda Natsuko）
20 增田剛志（Masuda Tsuyoshi）
21 松田壽史（Matsuda Hisashi）
22 真鍋真冬（Manabe Mafuyu）
23 萬田陸（Manda Riku）
24 三鷹康太（Mitaka Kouta）
25 [redacted]
26 向井美美（Mukai Mimi）
27 持田亞矢子（Mochida Ayako）
28 桃田杏（Momota Anzu）
29 安田健太朗（Yasuda Kentarou）
30 [redacted]
31 吉川菜菜子（Yoshikawa Nanako）
32 [redacted]

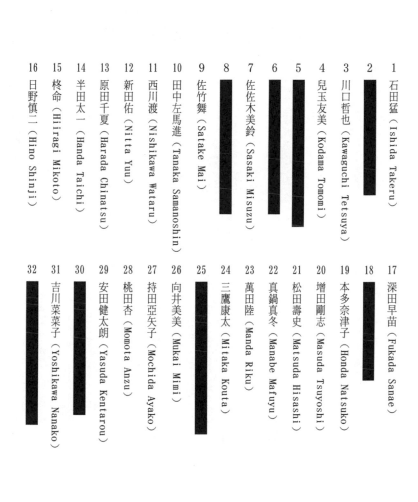

【6月16日（星期一）晚間6點32分】

「奈津子！快逃——！已經上二樓啦！」

不知從哪裡傳來了通報危險的喊叫聲。

在走廊上奔跑的我，逃進了教室裡，沒時間多做判斷，就躲進收納打掃用具的櫃子裡。我關上櫃子的門，弓著背，屏住呼吸，藏身在這樣的狹小空間裡。

可是，身體反應卻不聽話。雙腿止不住地顫抖，即使用手按住，還是抖個不停。寂靜中，只聽到時鐘指針的滴答聲，但是顫抖卻越來越劇烈。

放在打掃用具櫃裡的掃把靠在我身上，而我的腳跟則是踏在畚箕的尖角上。

我很擔心這樣不停發抖的自己，會不會把掃把和畚箕弄出聲音來。我無助地瞪著掃把。

我將視線抬起，發現外頭有一絲光亮，滲透過櫃子門上的通氣孔。

我鼓起勇氣，從通氣孔往外窺探，只看到木頭地板、桌子和椅子的一腳。在這狹窄的視野中，突然間閃過了一道人影。

我全身毛骨悚然，下意識地趕緊用手摀住嘴巴。

那個人影很緩慢、很小心地走著，似乎不想發出任何腳步聲。可是，在我聽來，腳步聲是那麼地清晰可辨，甚至讓我能夠明確掌握對方走到了什麼位置。

人影朝我的方向一步一步走了過來。

「奈津子！拜託妳成為我【最重要的東西】吧！因為我真的很喜歡妳啊！」

我在恐懼中流著淚，不敢發出哭泣聲。

有誰能快點來救我啊——要是我被他抓到的話，不曉得會有什麼下場——拜託，不要來這裡，到其他地方去吧。

「終於找到妳啦！」

失望和無力感頓時向我襲來，全身力氣盡失，意識也逐漸朦朧。

突然間，噗咚一聲，聽見了人摔倒在地板上的聲音。接著，又是一個人倒下的聲音。

猛沒有發現我嗎？

我從通氣孔向外張望。只看到四條腿在地板上激烈地掙扎著。

狂暴的腳踢倒了桌椅，發出倒地的巨響，大概有好幾副桌椅都被掃倒了吧。

「不要妨礙我，健太朗。」

「你想殺死奈津子對不對！」

「奈津子一定要成為我【最重要的東西】才行！我收到的【命令7】是這樣指示的啊！」

「殺掉你喜歡的人，你以為這樣就能得救嗎！」

「關你屁事！不要盡說那些漂亮的場面話！健太朗自己還不是每次都強迫我接受你的想法——」

突然間，傳來了令人汗毛直豎的鈍重敲擊聲，猛才說到一半就沒了聲音，門外隨即安靜了下來。

雖然我不知道外頭發生了什麼事——但是隱約可以猜得出來。健太朗應該就在教室裡，而另一個人就是——

我打開打掃用具櫃的門，走到外面，拿起掃把當作武器。

眼前，只見到健太朗愣然地站在原地。他流著眼淚，一直朝著同一個方向看。

我惶恐地跟隨著健太朗的眼神看過去，看到濃稠的紅色液體，如同身體上發青的血管那樣蔓延，在地板上緩緩地流動著。

紅色的液體，是從猛的頭部流出來的。

健太朗注意到了我的存在，用微小的聲音說道：

「奈津子，我……說不定失手殺死他了……我並不想殺人啊。」

健太朗找不到合適的字句來表達他的心情，他也沒有強辯說「這是偶發的事故」。

我扔下掃把，蹲在健太朗腳邊，抱住他的腿，用他的長褲擦著眼淚。健太朗也蹲了下來，和我保持相同的眼神高度，直直地盯著我，用溫柔的語氣這麼說道：

「現在，整個學校都瘋狂了。奈津子，不管發生了什麼事，妳都不可以殺人，也不可以欺騙別人。我不希望妳做出那種事情，我希望妳能一直保持原來的樣子，妳能答應我嗎？」

「……嗯，我答應你。」

我用盡力氣，誠心地回答。

「嗯！回答得很好！我們要以高中大賽為目標。我和奈津子一定可以辦到的！我們兩個一定要奪下男子組和女子組長距離賽跑的冠軍。」

「嗯，我和健太朗都會贏得冠軍，一起變成名人……」

話說到一半，不知不覺間我的聲音變得沙啞起來。健太朗則是用滿面的笑容望著我。

到時候，我們兩人會一起贏得冠軍，然後被刊登在校刊上，那樣一定會很開心。

——我不會改變的。不管發生什麼事，都不會改變。我不要殺人，也不要欺騙別人。

健太朗站起身來，那一瞬間，他的臉上露出極為短暫的痛苦表情。

雖然非常短暫，但是我注意到了。他是因為顧慮我，才故意裝出笑臉的。

我什麼都沒說，緊緊地抱住健太朗的手臂，用我最大的力氣，把我的心願和希望都寄託在手上。要是我沒有遵守約定的話，要是我——

健太朗用手觸摸著頭部流血的猛的手腕。

「我要帶猛去醫院！他還活著！只是昏過去而已！」

我很想說「放著別管他吧」。因為猛想要殺我啊。如果帶他去醫院，醫生一定會向健太朗詢問，為什麼猛會受傷。要是變成那樣、要是健太朗被人誤會的話，那就百口莫辯了——

「我也一起去！我要把事情的發生經過解釋清楚。」

「奈津子，妳回家去吧。妳跟我去的話，猛突然醒來怎麼辦？要是他又想要攻擊妳，那該怎麼辦？」

「可是……」

「妳就在家裡等吧，我帶猛去醫院之後，會再去看妳的。」

健太朗背起了猛，快步從我眼前離開了。

空蕩的教室裡，只剩下我一個人。過了好一會兒，我才從茫然之中恢復清醒。自從上星期五收到【命令4】之後，一下子死了4位同學，學校就強制關閉了。

在健太朗和猛扭打的地方，桌椅被踢倒在地上，一旁掉了一本筆記本，封面上寫著【飼育動物的觀察日記】。

我用手撐著膝蓋，站了起來，拿起那本筆記本。

「飼育動物的觀察日記——人也是動物——這是我們的觀察日記——」

我這樣喃喃自語著。然後，我拿起麥克筆，在後方的柱子上寫下【國王是誰】幾個字，便離開了教室。

走出校舍的玄關，來到校園，坐在校園一角的三人座長椅上。我並不想立刻回家，只想暫時在外頭吹吹風。

風吹拂過我的頭髮，眼淚滴落在我的制服裙子上。接著又一陣風，掀起了我的裙子，令人感到猥褻。

但是我根本不在意那些。我在等待健太朗打電話給我。

「感覺有點孤單呢。」

【6月16日（星期一）晚間11點43分】

不知道時間過了多久。

「奈津子，妳在這裡做什麼？」

我抬起頭來，看到舞站在我面前。她都走到這麼近了，我卻完全沒有察覺。我到底是怎麼了。

「我只是出來吹吹風而已。舞，妳來做什麼？」

「我有點擔心，不知道學校變成什麼樣子了。妳真是的，怎麼這麼缺乏危機意識啊！難道不怕我突然把妳殺死嗎？」

「我們難道真的要這樣，無時無刻處於威脅之下嗎？朋友和朋友之間，一定要這樣互相警戒嗎？」

「是啊。」

聽了這句話，我們兩人都噤口不語了。

說老實話，其實我並沒有多喜歡舞這個人。我總是猜不透她心裡在想什麼，也摸不清她究竟是什麼樣的個性。

不論何時，她都是一副事不關己的模樣。就算同學橫死在她面前，她的眉頭也不會動一下。她就像是什麼事都沒發生似地默默坐在座位上。更可怕的是她那異常冷漠的眼神。

突然間，舞把臉靠向我，用她那冷漠的眼神直視我的瞳孔。
我的額頭無意間觸碰到舞的額頭，感覺到她的體溫，就像是冰塊一樣寒冷。
舞開口說道：
「妳的眼神之中，存有一絲『悲哀』。是誰死掉了嗎？」
我的身體僵硬了起來。舞又繼續說道：
「既然是遊戲，就要好好享受遊戲的樂趣。不肯賭上性命的話，遊戲就不好玩了。」
我用雙手把舞的臉推開。
「開什麼玩笑！什麼叫『不肯賭上性命的話，遊戲就不好玩了』？每個人都只有一條命啊！」
氣憤的我如此反駁道。
「妳生氣的模樣還真可愛。」
好像看透了一切似的，舞冷冷地嘲笑我。
「不要轉移話題！妳找我有什麼事！如果沒事的話，就快點滾吧！」
舞稍微和我保持了一段距離，繼續說道：
「死去的人手機裡，出現了未傳送的簡訊。而那些簡訊的本文，都只有留下一個字而已。」
「未傳送簡訊裡留下的文字？」
「只有死掉的人，手機裡才會出現未傳送簡訊。妳不會感到好奇嗎？」
舞一屁股坐在我所坐的長椅上。雖然長椅相當寬，坐得下三個人，但是她卻故意坐在我旁邊，身體貼著我。

寒冷的空氣纏繞著我全身，我想要逃離這樣的寒氣，於是站起身來，但是舞卻伸手按住我。她的手按在我的大腿上，而且施加的力道越來越重。

舞凝視著我的眼睛。

「妳如果死了，我就要確認妳手機中的未傳送簡訊留下了什麼字。假如我死了，妳就要確認我的未傳送簡訊是什麼字。」

我感到非常害怕，「恐懼」正侵蝕著我的心靈。

我趕緊用雙手摀住耳朵，不想再聽下去。

「昨天，隆和真由美拒絕接收簡訊，結果在午夜0點死掉了，妳知道嗎？他們是班上公認的一對，就這樣一起死掉了。」

我不想聽。健太朗，快點來，快點終結這個遊戲吧。我想回到以前，過著平凡的生活啊。

當這個可恨的遊戲結束時，我一定要向你告白。我們會永遠手牽著手，一起跑步，然後我們兩個——

彷彿看穿了我的心思一般，舞開口說道：

「兩個人一起去死。」

【收到簡訊：1則】

我趕忙望著校舍大樓正面的白色大時鐘。在月光照耀下，大時鐘的短針快要逼近數字12，而長針則是指向數字11。

晚上11點55分了。再過5分鐘，今天就結束了。

昨天，也是在這個時刻，收到了簡訊。那是一則不好的簡訊，是在通告某人快要死亡的倒數計時簡訊。

——猛。

我惶恐地打開手機，確認收到的簡訊。

【6／16星期一23：55　寄件者：國王　主旨：國王遊戲　本文：還有5分鐘　END】

「一模一樣。」

我闔上了手機，低下頭來。如果猛沒有失去【最重要的東西】，那麼再過5分鐘，他就要死了。不管他多麼想要活下去，都躲不過死亡。

當一個人被告知自己的生命【還有5分鐘】的時候，當我遇到這種狀況的時候，我會做什麼呢？我會想要留下些什麼吧？可是，在那種時候，我一定什麼都做不到，什麼都無法留下。

舞還是看著我的臉。

「妳有死亡的氣息。」

我不想理會舞說的話。

「奈津子，妳敢殺死自己的朋友嗎？」

我直直盯著地面的一個點，視線不曾移動。舞稍微拉開一點距離，又繼續說道：

「再過幾分鐘，猛就要死了。他沒能失去【最重要的東西】，下場就是『死』。真是悲哀啊。對猛來說，他最珍惜的究竟是什麼呢？——是朋友？女朋友？還是回憶呢？」

我站了起來，藉著心中的一股氣憤，朝著舞大聲咒罵：

「閉嘴！快點從我眼前消失！我怎麼會知道對猛來說【最重要的東西】是什麼！」

「那麼，容我再說最後一句吧。傍晚的時候，猛一直在找奈津子喔，而且還大喊著『成為我最重要的東西吧』呢。」

【收到簡訊：1則】

【6／16星期一23：58　寄件者：國王　主旨：國王遊戲　本文：還有60秒　END】

「我、我討厭妳！」

「可是，我一點都不討厭妳呢。如果要我從討厭或喜歡中做選擇，我應該會選擇『喜歡』吧。」

舞揚起嘴角高聲笑著，不、說不定那只是看起來像是在笑，其實臉上擺出的根本不是笑容。就像有些爬蟲類，天生就長了一副像是在笑的表情。

「我說說我的預測吧。奈津子再過不久，一定會殺死朋友的。」

「我絕對不會殺死朋友的！」

舞抬頭望著無邊的夜空，和掛在天上的無數星星。

「時間到啦。」

【收到簡訊：1則】

【6／16星期一23：59　寄件者：國王　主旨：國王遊戲　本文：確認服從　END】

「確認服從？猛得救了嗎？」

我大概是太驚訝了，雙眼直瞪著手機的螢幕瞧。

為什麼？到底發生了什麼事？

我能想到的答案只有一個。就是猛失去了他【最重要的東西】，所以逃過了這一劫。

我默默地點點頭。

這樣真是太好了。不管他用什麼方式都沒關係，得救就好了。猛能夠活下去，這樣就夠了，不需要再去追究什麼原因了。

我的眼眶忍不住滴下了淚水。

接著我用手指抹掉眼淚，將手機螢幕抵住鼻尖，小聲地說道：

「太好了。」

舞露出了不滿的神情，大概是看到我高興的模樣，所以覺得很難受吧。接著她開口說道：

「那幾十秒的時間裡，不曉得發生了什麼事情呢？好想知道當時的情況啊。」

「有什麼關係，能夠得救就好啦。」

舞瞇起眼睛望著我，就在下一瞬間，手機響起了來電鈴聲。螢幕上顯示的是健太朗的電話號碼，於是我馬上按下通話鍵。

「你現在在哪裡？」

健太朗沒有回答，電話那頭只傳來「唧——唧——唧——」的螽斯鳴叫聲，除此之外，一片靜默。

那蟲鳴聲好像是在預告著壞消息即將到來。

「噯，健太朗，你怎麼了？說話啊。」

「猛死了。」

「嗄？怎麼會……他不是失去【最重要的東西】，因而得救了嗎？」

舞的手機也響了。大概是午夜0點的國王命令簡訊吧。可是，現在的我根本無暇他顧。

健太朗說話的口吻，就像是一個蹩腳的演員照著劇本唸台詞一樣，感受不到絲毫的活力。

「猛——把自己的眼睛給挖出來了。用手指插進眼睛裡，把眼球……」

我下意識地把手機拿開，不想聽到接下來的敘述。

猛用自己的手指戳進眼睛，把眼球給挖出來，我的腦海無法遏止這樣的想像畫面。猛一定是在劇痛和慘叫聲中，做了這麼可怕的事。

究竟有多痛呢？我知道那一定很痛，可是卻想像不出疼痛的程度。我的眼睛周圍因此而感到陣陣疼痛，背脊則是被寒氣凍僵，身體止不住顫抖。

猛為什麼要做那樣的事呢？

健太朗用小得幾乎聽不見的聲音，繼續說道：

「因為這麼一來——他就再也看不到奈津子了。這樣也算是失去了【最重要的東西】吧。再也看不到自己喜歡的人，就是【失去最重要的東西】的含意。猛想通之後，就自己挖掉了眼睛。」

我重新睜開眼睛，為了不想發出難過的悲鳴聲，於是用手摀住了嘴巴。

「猛要我跟妳說，關於想攻擊妳的事，他感到很抱歉，他不應該傷害妳的。雖然再也看不見了，但是在他心裡，奈津子永遠都是那麼美麗動人。」

我的胸口感受到一陣揪心的疼痛，難以喘息。

「健太朗，你快來——我好孤單啊！」

「抱歉，我現在沒辦法過去。」

「為什麼！我就在學校，你快來啊！」

「抱歉，請妳諒解。我一定會過去的，妳等我。」

健太朗說完這句話之後，便掛斷了電話。

我聽著手機傳出的「嘟嘟」電子聲，仍舊朝著受話器大聲喊道：

「為什麼不肯過來呢！什麼叫『請妳諒解』啊！」

一旁的舞，彷彿故意要嘲笑我似地逕自說道：

「健太朗大概是有更重要的事，所以不能來吧。難道妳連這點都沒發覺嗎？妳老是以自己為第一優先，別人不順妳的意，妳就不高興了嗎？」

「才不是這樣呢！妳少在那邊說風涼話！妳這個……假面人！」

「看妳慌張成這副德行，想必是被我猜中了吧。——人都是害怕孤單寂寞的動物，都不希望自己一個人被留下來。所以，才會需要結交那麼多朋友，成群結隊，靠著吵吵嚷嚷來驅趕寂寞。可是，這樣有個缺點，就是朋友之間的交情越好，對待朋友的態度就會逐漸變得托大而無禮，對朋友的要求也會越來越多。即使是別人的私領域，也會毫不在乎地侵犯。朋友一旦沒有專心聽妳說話，或是沒有把妳視為第一優先，就開始在心裡咒罵對方「冷淡」、「背叛」。為什麼會這樣呢？

因為對方是朋友，是男朋友、女朋友，所以才會發生這種事。妳只是在擔心，對方是不是根本不在意妳的存在。「明明是好朋友，卻這樣對我」的心態，讓人感到不快，害怕著「他說不定會背叛我」。對他人用情越深的人，越容易陷入這樣的恐慌，所以，比一般人更容易受到傷害。

小時候，我有很多朋友。可是，到了某個年紀，我就不想再交朋友了。因為我發覺，交朋友這件事，其實是愚不可及的。」

我充滿怒氣的眼神，對上了舞那冷酷又冷靜的眼神。

在我們兩人之間，必定有一道無法融化的冰山存在，就像一堵冰塊打造的牆，一旦伸手觸碰，就會被那股寒氣凍傷。

舞再度開口說道：

「下一道命令指定的人是我。女生和女生的對決。看來，國王也擁有某種美的感性呢。或許是想要『讓女性變得更美』吧。」

【死亡1人、剩餘23人】

紫閎高中【命令8】——2009年6月

【6月17日（星期二）午夜0點9分】

【6／17星期二00：00 寄件者：國王 主旨：國王遊戲 本文：這是你們全班同學一起進行的國王遊戲。國王的命令絕對要在24小時內達成。※不允許中途棄權。＊命令8：女生座號9號・佐竹舞、女生座號31號・吉川菜菜子 要變瘦。以6月17日00：00的體重為基準，體重減輕較少的一方，將會受到懲罰。 END】

舞輕輕捏了自己的手臂，「哼哼」地笑了起來，臉上露出的是令人畏懼的恐怖表情。

舞好像很開心，她是真的在享受著這個遊戲。

論身材，舞算是細瘦型的人，身材還不錯。另一方面，命令中被指名的另一個人菜菜子，則是略微豐腴的體型，明顯比舞來得胖一些，換言之，她想要瘦下來，也會比舞更加容易。

舞真的理解這道命令的內容嗎？

體重減輕較少的一方，將會受到懲罰啊！舞，都這種時候了，妳居然還笑得出來？

我把手放在舞剛才按住我大腿的地方，自己摸了摸，然後詢問舞：

「舞，妳的身高體重分別是多少？」

「身高159公分，體重大概是42公斤吧。」

「身高應該和菜菜子差不多。雖然我不知道菜菜子正確的體重數字，不過大概估算一下，應該有60公斤吧。」

「那又如何？」

「舞，現在的妳就已經這麼瘦了，還有可能再瘦下去嗎？」

「女人必須時時保持美麗，而且，明天要比今天更美。這是給女性的考驗，醜的那一方就乾脆去死吧。妳不覺得這道命令很有趣嗎？」

我頓時說不出話來。難道舞一點都不畏懼死亡嗎？

「舞，妳的確長得很漂亮，身材也很好。可是，內心卻非常汙穢、醜陋。如果妳真的相信『女人必須時時保持美麗』的話，就趁著明天之前，把妳的心變美麗吧。」

此時，舞的手機響起。來電的燈號在暗夜中閃動著，可是，舞並不打算接起電話。

「是不是菜菜子打來的？妳不接嗎？」

彷彿完全沒聽到我在說什麼似的，舞逕自看著手機螢幕，露出妖豔的笑容。

來電鈴聲不停地催促著，絲毫不打算停下來，就好像在嚷著「快點接電話啊」一樣，彷彿還帶著怒氣。

好不容易，鈴聲終於停下來了。直到最後，舞還是沒有接起電話。

雖然鈴聲停止，手機的來電告知燈號還是在閃滅著，我瞪著舞的手機，這麼說道：

「我一定要讓菜菜子贏。到時候受到懲罰的，就是內心邪惡的妳了！」

「那就好好加油囉。」

真是令人氣憤。那種語氣、那種游刃有餘的心態、那種表情。舞的任何舉動都令人氣憤不已。我像是逃走一般，趕緊跑離舞的面前，眼淚差點就不爭氣地流了下來。

等到時間一到，就算妳哭求說「救救我」，我也不會救妳的。到那時候，會哭出來叫救命的一定是妳，舞！

我跑向菜菜子的家，並且撥打她的手機號碼。

「我想要幫菜菜子，現在方便過去嗎？」

「嗯，我等妳。」

菜菜子的說話聲中帶著顫抖，想必她的內心非常不安吧。

從學校到菜菜子的家，距離相當遠。

我跑了一陣子，來到沒有路燈的地方，周圍頓時變得一片黑暗。原本應該走一條沒有鋪柏油的泥土路，但是我決定抄捷徑，走田埂小徑穿越農田。

四面八方傳來牛蛙的鳴叫聲，午夜的空氣，像是在宣告著夏季已經開始一般。

跑了大約20分鐘左右，終於抵達了菜菜子的家。雖然這時造訪非常失禮，但是現在已經顧不得什麼禮數了。

我按了對講機的按鈕，可是沒有人回答，沒有人來應門。正當我要轉動門把自己進去時，才發現大門並沒有鎖上，一隻女生的鞋子擋在門邊，露出15公分左右的門縫，不讓門自動關上。

我小心地推開門，向裡頭張望，同時用細弱的聲音呼叫著：「菜菜子，妳在哪裡？」

我靜下心來側耳傾聽，依稀聽到走廊那一頭有呢喃的聲音。屋子裡一片漆黑，我也分不清聲音是從哪裡傳來的。

「不好意思，打擾了。」我這麼說道，然後脫下鞋子，踏上玄關。並且朝著呢喃的聲音方向前進。

走到一個門的前方，聲音似乎變得更清晰了。此外，還聽到「嘩啦」的水聲。

原來菜菜子在洗澡啊。

我打開浴室的門走進去，只見到地上散亂地擺著脫下的衣服。

T恤是反過來的，胸罩還勾在T恤上。褲子同樣是反過來的，內褲也一起被脫了下來，大概是脫褲子的時候，外褲和內褲一起脫的關係吧。

看來菜菜子相當慌張。

我窺探浴室內部，沒看到人。浴缸用保溫的蓋子蓋住，裡頭傳來嘩啦嘩啦的水聲，蓮蓬頭還在滴水。

保溫蓋的下方，傳來了悶悶的呢喃聲。

我趕緊把保溫蓋掀開，原來菜菜子泡在浴缸裡。

浴缸已經放了九分滿的熱水，菜菜子臉部朝上，只有鼻子和嘴巴露出水面，就像是缺氧的金魚一樣，張著嘴拼命呼吸著。

菜菜子的臉上沒有表情，可能已經陷入半昏迷狀態了。

「菜菜子，妳在做什麼！」

「我要……變瘦才行……」

菜菜子這麼囈語說道。我趕緊把手伸進熱水裡，想把菜菜子給扶起來。

「好燙！」

我抬頭一看，浴缸的保溫器面板亮著【加熱中】的紅光，熱水的溫度設定在【44度】。

我趕緊拍拍意識朦朧的菜菜子的臉頰，硬把她從浴缸裡拉起來。

熱水把我的手也給燙紅了。

我好不容易把菜菜子拉了出來，讓她躺在磁磚地板上。可是，菜菜子的意識還是模糊不清，一直嘰哩咕嚕地不知道在說些什麼。

我該用冷水給她淋浴降溫嗎？這樣會不會一下子太冷了？還是該讓她俯臥？這樣比較容易撫拭她的背部？

我真的不知道該怎麼辦才好。

「菜菜子，會不會想吐？頭會不會痛？有沒有眼花？有沒有耳鳴？意識清楚嗎？——為什麼要做這麼莽撞的事呢！」

我拿來大浴巾和她的衣服，沾水打濕，把衣服靠在她的前額，浴巾則是披在她的身上。

然後我到廚房去，打開冰箱，找到一瓶紙盒裝的冰麥茶，拿出來倒進杯子裡，手上拿著這杯冰涼的麥茶，趕緊回到浴室。

我把菜菜子的頭抬起來，將杯緣靠在她的嘴唇上，讓麥茶慢慢地流進她口中。菜菜子「咕嘟」地發出喉音，稍微喝了一點。

大概是突然間放下了心中的大石頭吧，感傷的我不由得流下了眼淚。啜泣的聲音在浴室內迴盪。

菜菜子的手指頭開始微微地動起來了，她緩緩地把身體躺正，用細弱的聲音說道：

「謝……謝……」

「沒事了，沒事了。可是，不要再做這種蠢事了喔。」

真是可憐，害我都不敢正視菜菜子的臉。

不對，這是菜菜子和舞兩個人的戰爭。想要打贏這一仗，就得想出作戰計畫才行。

——到時候輸的就是妳了，舞！

過了好一陣子，菜菜子搖晃地撐起上半身。她的臉上還是沒有表情，把手掛在我的肩上。她的全身都被熱水燙紅了。

然後菜菜子開口說道：

「以前，舞曾經瞥了我一眼，然後面無表情地叫我『海獅』。而且，是用很小的聲音跟我說。我真的覺得好屈辱——如果只是開玩笑，那倒還好。如果她是面對著我，直接跟我說，我還比較能接受！」

菜菜子全身彷彿恢復了力氣，用她的毅力站了起來。我可以感覺到，她的心中抱著一股「我不想輸」的意志。

等到菜菜子冷靜下來之後，我才用溫柔的聲音對她說：

「其實，妳根本不必這樣虐待妳自己。舞的體重只有42公斤，她再怎麼樣也瘦不了多少的。」

說這些話的同時，我的心中卻浮現出一股不祥的念頭。

舞為什麼會那麼有自信？那股自信是從哪裡來的？

不管是誰，都看得出來舞是處於不利的一方。

難道她另有妙計？

除了減輕體重之外，還有別的技巧——？

剪指甲和剪頭髮——不對，頭髮和指甲的重量太輕了。

有人天生就是容易瘦的體質，能夠輕易地減去重量——可是，她現在只有42公斤而已，還要再減重，應該很困難吧。

還是抽脂手術——要做那種大手術，根本不可能在今天一天之內完成。

我的腦子裡盡是浮現一些愚蠢的點子。

「啊！」

突然間，我閉住了氣，用手摀住嘴巴。

——把身體給砍掉一塊！把手或是腳給砍掉，這麼一來，體重就會大幅減輕。對舞那種人來說，的確有可能做出這種事。

我的眼神落在菜菜子被熱水燙紅的手臂上。想著她拿起鋸子，嘰嘎嘰嘎地把手鋸斷的模樣——

不過我隨即搖搖頭，把那不切實際的幻想給甩出腦海。

「不可能，正常人是不可能做得出來的。」

我用力地握緊了拳頭，再一次看著菜菜子的手和腳。

思考方向——對，我從一開始就沒有好好地從正確的方向去思考。想出切斷手腳這種方法也沒意義，這不是我來這裡的目的。

「有了！」

為什麼之前的我都沒想到這麼簡單的答案呢！對呀，這樣就行了。這麼一來，就簡單多了，我只要——

〃妨礙舞減重就行了。〃

在她努力想要減重的時候，故意去打擾她。假使她真的想要切斷手腳，我就阻止她，這樣不就行了嗎！我現在該做的，並不是思考如何幫助菜菜子，而是要去妨礙舞減重才對，這樣才是實際的做法。

我自顧自地笑了起來，從旁人的眼光來看，一定像是誇耀勝利的笑容吧。

走出浴室後，我打電話給舞。連續打了三次，舞才接起電話——

我先深呼吸一口氣，讓心情鎮定下來，然後開口說道：

「妳現在在哪裡？我們可不可以見個面？」

「見面做什麼？」

「我有些話想要跟妳說！還有——剛才我們不是吵架了嗎，所以我想要跟妳和好！」

「騙人。」

「是真的！剛才真的很對不起。妳現在在哪裡？」

「今天跟妳通電話感覺好無聊。妳說的話，都不帶有感情呢，奈津子。奈津子平常是這樣說話的嗎?就我的記憶所及,奈津子是個很開朗、很率直的人。內心總是有著一股溫柔。可是,現在卻完全感覺不出妳的溫柔。」

「妳、妳在說什麼啊?」

「我是說,妳的個性改變了。要不要讓我猜猜看,奈津子現在心裡在想什麼啊?」

我的內心萌生了一股不祥的預感,握著手機的手,不由得加大了力氣。舞冷冷地說道:

「妳想要妨礙我。妳認為,與其協助菜菜子瘦下來,還不如跑來妨礙我。心靈純潔的人,絕不會選擇妨礙我這個方法,而會選擇幫助菜菜子才對。奈津子,妳也變成壞心眼的人啦。」

「才不是呢!不是妳說的那樣!」

「哎呀,怎麼突然又有感情啦?怎麼樣,被我猜中了嗎?呵呵呵,那我就告訴妳一個好消息吧。我根本不可能再瘦下去了,所以,唯一的方法就是砍斷自己的手臂。」

我咬緊了牙關,力道之大,幾乎要把臼齒咬碎。

「果然,我猜得沒錯!妳真的瘋了!妳現在在哪裡!快點告訴我!」

「我才不告訴妳呢。這是最後一次跟妳說話了。妳想想,要妨礙我的最好方法是什麼?就是殺了我。我剛才不是說過了嗎?我說『奈津子再過不久,一定會殺死朋友的』,沒錯吧?這樣吧,今天晚上11點50分的時候,我們在剛剛聊天的學校長椅那邊碰面吧。」

話才說完,舞便逕自掛掉了電話。

「開什麼玩笑!舞,為什麼妳要這樣逼我呢!」

我的內心陷入掙扎之中，變得越來越扭曲，充斥著憤怒和憎恨。
我無力地拖著腳步，搖搖晃晃地走到洗臉台前，用手撐著洗臉台。現在的我，幾乎沒有力氣站直，只能將全身的重量倚靠在洗臉台上。
抬頭看著鏡子，鏡中的我彷彿面帶病容，看了就令人不悅。充滿了憎恨的黑色瞳孔，反過來瞪著我自己。
我扭開水龍頭，用強勁的水流沖洗自己的臉，力氣之大，幾乎要把自己的臉皮給剝下來。
——是妳逼我做出這種決定的。
我已經做了決定，一定要去妨礙舞。對舞的憤怒和憎恨，驅使著我這麼做。
關上水龍頭之後，我詛咒自己的命運。
我被自己的父母拋棄了，甚至還非得要參加這麼可恨的遊戲。
我有個妹妹，名叫智惠美。智惠美現在跟父母住在一起——過著幸福的生活。她是在溫暖的家庭中、被父母溫柔呵護長大的。
她現在一定過著快樂又毫無拘束的幸福生活。
說不定還交了男朋友。
她應該不可能有機會體驗到這麼悲慘的【國王遊戲】吧。雖然我們是姊妹，但是，為什麼人生際遇有這麼大的差別呢？
為什麼只有我——。我好羨慕那個從來不知道我存在的妹妹。

可是，我並不怨恨智惠美，因為我們是姊妹。和別人相比，雖然我的生活環境稱不上「絕對的幸福」，但是，我有照顧我的奶奶，還有健太朗。

我和健太朗一定會有幸福的未來。我們會一起參加高中大賽，變成全國知名的人物，還會有人邀請我們上電視。

〝我現在過得很幸福喔。我是姊姊，旁邊這位，是我的男朋友健太朗。我們一起奪下賽跑冠軍了！〞

雖然有點矯情，不過這是我炫耀的方式。

〝現在妳在哪裡？我們見面吧。妳也帶妳的男朋友來吧。〞我想這麼對她說。

我用壓抑著情感的語調，對菜菜子說：

「發生什麼事的話，就打電話給我。我要去妨礙舞減重。」

【6月17日（星期二）凌晨2點23分】

離開菜菜子家之後，我再一次打電話給舞，不過想也知道，她並沒有接電話。

我已經打定主意，不管用什麼方法，都要找到她。

先想想舞會去什麼地方。可是，我對舞的瞭解實在太少，幾乎是毫無所知的程度。

我大概知道舞的家在哪一帶，詳細地點並不是很清楚，而且她應該也不會待在家裡吧？不過這也很難講，總之，先到舞的家去一趟吧。

大概跑了15分鐘吧，我站在一戶門牌寫著【佐竹】的民宅前方，佐竹就是舞的姓氏。

眼前是一棟三層樓的豪華住宅。

說真的，我很羨慕她，有這樣富裕的家庭，有父母跟她一起生活，能夠過著要什麼有什麼的日子。

至於我家，則像是電影裡會出現的那種「北國之家」——或者說，像是夏天會在海水浴場旁邊營業的老舊雜貨店。

我用力地握緊了拳頭。

繞著她家轉了一圈，屋內沒有一點燈光。所有的燈都關了，這就表示他們家人已經就寢了。現在是半夜時分，如果她的父母都睡著了，我也不好按對講機叫舞出來。於是我決定等天亮之後再過來一趟。

我在路邊打電話給其他朋友，想問問看舞經常出入哪些場所，還有她的交友關係如何。可是，卻沒有人能答得上來。

——舞，沒想到妳真的一個朋友都沒有耶。真是個孤單的女孩子。妳並不是不想再交朋友了，而是妳根本交不到朋友，對吧？

妳對我說的那些話，其實是因為妳交不到朋友，才想出來的託詞吧？

交了朋友之後，就會越來越擔心被朋友背叛？

依妳的個性，人家不背叛妳才怪呢。

——像妳這種人，就是得了網路依賴症。交友關係非常不穩定，也不懂得拿捏朋友之間的距離，所以才會在網路上肆無忌憚地留言，執著於網路世界，就像國王一樣，用高傲的目光鄙視他人。

在網路上交朋友，以為自己真的有好多朋友，但是那全都是錯覺，事實上，妳一個朋友都沒有。

這種人，反而是最怕寂寞的。或許在網路上可以找到一大堆聊天的對象吧？或許在網路上，別人會對妳有所尊敬吧？

我的心裡，已經充滿了對舞的憎恨。

我四處跑著，搜尋舞的過程中，不知不覺天色已經漸漸微亮了。

山邊的雲彩透出了光芒，清晰分明的稜線上，悄悄地露出了一點太陽。朝陽的光線投射下來，緩緩地將市鎮街道染成了白色。

清新的早晨來臨了。

我的雙手雙腳，都被朝陽照耀著，看著那令人眩目的朝陽，我突然想起了健太朗。

健太朗那帶著陽光、溫柔、充滿朝氣的笑容，永遠都留在我心裡。

——奈津子，這樣的表情不好看喔。這樣的表情不像是奈津子喔。別人是別人，我們是我們，何必在乎別人怎麼說呢。

原本充斥在我心中的憎恨，漸漸地變淡了。

為什麼我的腦筋那麼單純呢。健太朗，你一定要一輩子對我好喔。

我有點猶豫，不知道該不該打電話給健太朗，不過最後我還是沒打。因為他現在可能被什麼事情給纏住了，脫不了身。

我相信健太朗說的「我一定會過去的，妳等我」這句話，而且我不希望他把我當成不識趣又煩人的女孩。

這絕對不是什麼漂亮的場面話。

我試著把健太朗放在天秤上，試著去思考，現在什麼才是最重要的。

現在所捲入的麻煩和我相比，究竟哪邊比較重要呢？

難道這麼想是錯的嗎？對女生來說，自己所愛的人，應該要把自己視為第一優先，這是每個女孩子都會有的想法吧。相較於其他男性朋友，女朋友應該是最重要的吧。

可是我和健太朗還不算是真正在交往。假如，我們真的成為男女朋友了，這樣的念頭一定會變得更強烈吧？會不會一天到晚都沉溺在嫉妒之中呢？

問題是，我還沒有和男生交往的經驗，不知道那是什麼樣的感覺。

我甩甩頭，把健太朗的事甩出腦海。然後，表情凝重地走向舞的家。

【6月17日（星期二）清晨5點2分】

再一次站在舞家門口的我，按下了對講機按鈕。過了一會兒，一位身穿純白絲緞睡衣的女性出現在門口，大概是舞的母親吧。

從舞的年紀來推算，她的母親應該有40多歲吧，可是眼前這個女人，怎麼看都只有20多歲，頂多快30歲而已。

她的皮膚非常白晰，手腕和鎖骨長得很漂亮。染成亞麻色的頭髮，還有多層次的瀏海，髮型則是膨鬆的中長髮。

真的好漂亮。就像是一流大企業門口的櫃檯小姐一樣，而且，感覺非常有氣質的樣子。

可是，舞的母親只有外表看起來有氣質，一開口便吐出令人不悅的諷刺言語。

「這麼早，有什麼事！也不想想才幾點鐘，有沒有家教啊？是誰家養出這種沒禮貌的小孩啊！」

「這……真是對不起。因為我有急事要找舞。」

「舞今天一大早就出門去啦。」

「嗄？這麼說，她晚上在家囉？」

「在房間裡啊！沒別的事了吧？沒事就快滾！」

我無言以對，因為我不知道該怎麼跟這樣的人對應。

玄關大門砰的一聲，用力地關上了，但是還能隱約聽到舞的母親在門後頭嘮叨地說：「真想看看是什麼樣的父母，教出這種女兒！」

的確，一大清早就來造訪是我的錯。可是，她卻說得那麼難聽——何必把別人的父母也牽扯進來呢？

我這輩子還沒見過親生父母的模樣，是我的錯嗎？

我是被奶奶撫養長大的，也是我的錯嗎？

臨走之際，我用腳尖輕輕地踢了放在庭院的花槽一下，這是我對舞、以及舞的母親的小小復仇。雖然踢的力道不大，可是裡面卻充滿了恨意。

其實我很想把花槽內種的白色百合花全都拔光，可是，我還是忍住了。因為我的內心對自己這麼說：

——今天午夜0點，舞就會受到懲罰而死了。到時候，就用這些百合花去供奉她吧。

這時的我，大概已經喪失理性了吧。我可以感覺到自己的內心深處具有兩種性格。

一個是平常的我，另一個是無法忍受剛才遭遇的處境，內心藏著惡魔的我。

雖然天色已經很亮了，不過街上還是一片安靜，我繼續四處搜尋舞的蹤跡。

如果說，舞昨天晚上都待在房間裡的話——從舞的性格來判斷，她應該是刻意關上屋內電燈的，因為她已經預測到我會跑來找她了。

被她擺了一道。

她大概躲在房間的窗簾後面，窺伺著獨自站在路上的我，還暗自竊笑吧。一定是這樣。而且，她也猜到我早上會回來，所以先一步出門去了。

憤怒和憎恨在我的內心不斷膨脹，這些怨氣該朝哪裡發洩呢？

昨天夜裡，我還大言不慚地說『我一定要讓菜菜子贏』，那時的自信心，現在已經萎靡不振了。

剛才看到旭日東升的時候，我還感覺到一點睡意，但是現在，睡意全都被趕跑了。

因為有點擔心菜菜子，我趕緊打手機給她。

她好像穿上了毛衣、罩上了運動服，正繞著她家跑步的樣子。

「應該要穿好幾件很薄但是透氣性差的衣服，最後才套上一件厚的衣服，這樣比較有效率。」

聽了我的建議，菜菜子在電話那頭，用就連擠出聲音都很困難似的痛苦音調回應我：

『是……嗎……謝謝妳……奈津子。』

「沒關係啦！不必硬逼著自己說話！還有，要注意不能跑太久，因為太累的話會想睡覺。」

『就照妳……說的。等到事情……結束後，我一定請妳……喝冰涼的果汁。』

「嗯，放心交給我吧！妳願意的話，榨果汁給我喝也行啊。」

『那妳就……拭目以待吧。我會……加油的，謝謝……』

然後就這麼掛掉了電話。

「到時候我們一起乾杯吧，菜菜子。」

我獨自這麼說道。

然後，繼續在市街上奔跑著，四處張望，搜尋舞的蹤跡。既然菜菜子那麼努力，我也不能輸給她才是。

我對自己的跑步速度和耐力都很有自信。一旦找到她，絕對不會讓她逃掉。

【6月17日（星期二）中午12點52分】

過了中午，我在流經我家附近的野川河堤上跑著。這條河大約30公尺寬，梅雨季久違的晴天，露出炙熱的太陽，曬得我的皮膚隱隱作痛。

河面反射陽光，散發銀色的光輝，一面傳出悅耳的流水聲，一面流過河道。

河畔以相等間隔種植著櫻花樹，當然，這個季節早就沒有櫻花了。

當春天來臨時，這附近會開滿櫻花，和散發耀眼銀色光芒的河水相互輝映，到時所有人都會忍不住駐足欣賞這幅美景。銀色的河水襯托著盛開的櫻花，兩種顏色融合在一起，創造出一個近乎奇幻的世界。

然後，櫻花的花瓣飄落在河面上，隨著水波緩緩流去。

看著看著，就會不自覺地露出微笑。

可是，當爽朗的風吹拂過我的身體時，我的笑容消失了。

我瞪大了眼睛，因為舞就站在河的對岸。

我緊緊握住拳頭，小聲地說道：

「找到妳啦！」

舞是否也同時發現我了？從她的行為來看，應該是還沒有發現才對。

總之，先找到能夠過河的橋樑吧。雖然得要走回頭路，不過，有一條橋就位於距離這裡50公尺的上游。

距離橋有50公尺，橋的長度有30公尺，過橋之後再跑到舞的位置還有50公尺。

總計130公尺。

追得上嗎？

我渾身顫抖，那是即將上陣拼搏的興奮表現。下一秒，我已經朝著橋的方向全力衝刺。

當我跑到橋頭的時候，還重新確認一下舞的位置。還在那裡——。大概是還沒有發現我吧。

她正緩緩地踱步走向下游方向。

真是個笨女人，都這個節骨眼了，還沒有發現我。妳真的這麼無憂無慮嗎！

過了橋之後，我來到河的另一岸。接下來，我和舞之間只剩下直線道了。

我看著緩緩前進的舞的背影，想像著她被死亡威脅，哭喊求救的模樣，心中不禁浮現冷笑，同時也感到雀躍。

我跨出右腳，左腳向後猛踢。

就在這時——。舞停下了腳步，朝我的方向回頭了。她看著我的臉，嘴裡喃喃地說了些什麼。因為還有一段距離，所以我聽不清楚她的聲音。

她到底說了什麼？

從舞的表情、還有嘴唇的動作來推斷，她說的話應該是「真有趣」。

什麼「真有趣」！這種時候，妳還說得出口。

舞究竟要怎樣玩弄我，才肯罷休呢。我的胸口再度湧現了怒火。

這是一場得要賭上性命的殘酷「遊戲」，可是舞卻非常享受「遊戲」的快感，就像是在玩樂一樣。她一定是沒有體會過被逼入死角的感覺，才會以為這一切都只是玩玩而已。

既然如此，我一定要讓她明白，這場所謂的遊戲，究竟有多麼難受。

我一定要讓她深切體會到「我再也不想跟這種遊戲牽扯在一起了」。然後，我要讓她為此付出代價。

距離舞只剩下30公尺。我一面跑著，一面向前伸出手，準備抓住舞。

就算快0.1秒也好，我一定要抓到妳，然後緊緊地抱住妳，就像是許久未能再會的情侶，想要傾訴愛意一般，緊緊地將妳抱住。

只不過，妳我之間擁有的不是「愛意」，而是「恨意」。

想不到這兩者竟是如此相像。「想要早一點見到妳」的心情，是一樣的。

我一定會緊緊地抱住妳，用力到幾乎將妳的背脊折斷，而且，也不會再放開妳了。

突然間，前方的舞蹲了下來，把什麼東西放在地上。然後，用我能夠聽得到的聲音說了「禮物」二字，隨即轉身逃跑，鑽進一旁的灌木林中。

「才不會讓妳逃跑呢！禮物？我現在最想要的，是妳的命！」

我抵達了幾秒鐘前舞所站的位置。

舞究竟在地上放了什麼？

只見那裡擺了一把美工刀，刀背的地方沾染著像紅色蓮花一樣的血跡。

在美工刀旁邊，則放著一張對折的紙條。我拿起紙條，打開一看——

【奈津子想要阻撓我。所以，我也要阻撓奈津子和健太朗的感情。這樣才能算是扯平了。附記：妳要不要用這個，把菜菜子的脂肪切掉啊？】

我想起了舞之前說的話：

〝真有趣。〞

「真有趣？到底哪裡有趣了！什麼叫『扯平了』，少瞧不起人！」

我朝著灌木林的方向，用盡丹田的力氣大聲喊道：

「妳要對健太朗做什麼！」

我把紙條撕成碎片，扔向灌木林。

連紙條都寫好了，這就表示，舞從一開始就打算要把紙條交給我。

難道說，被我發現，也都在她的計畫之中？

她故意等在無法立即逮到她的河邊，一旦我想要追她，她就可以立刻逃進樹林裡，這也是預先計畫好的嗎？

打從一開始，她就在那裡等著我——。我完全被舞的計畫給耍得團團轉。

當我看到沾血的美工刀時，就會不由得停下腳步，接著又會看到一旁的紙條，然後打開來看。

她就可以趁這個時間逃得遠遠的。

一切都按照舞的計畫在進行，連我都被她給玩弄了。

「啊啊——可惡！」

我完全忘了思考美工刀上的血跡究竟是誰的血，還有，舞究竟會對健太朗做出什麼事。我甚至忘了思考健太朗現在是否平安無事。我的情感與思考，全都凝聚在舞一個人身上。

於是我咬緊牙關，衝進灌木林。灌木林裡雜草叢生，枝葉茂密，就像迷宮一樣，我在裡面到處搜尋舞的蹤跡。

頭上的茂密樹葉遮蔽了午後的陽光，我跑到了太陽無法照耀的陰影之中，空氣突然變得好冷，而且還帶著濕氣。

但是我的內心既焦慮又灼熱，細小的樹枝一直打在我臉上。我不顧眼前那些樹枝，甚至不想伸手去撥開，只是一味地向前奔跑。

不知道我在樹林裡找了多久？到頭來，我還是沒有抓到舞。

真是令人悔恨。突然覺得自己好沒用、好可悲。

我擦掉奪眶而出的眼淚，忍不住喊出聲來：

「健太朗……」

我的背靠在一棵大樹旁，身體慢慢滑下，直到我坐在地面上。背上的衣服被樹皮掀了起來。

就在此時，我失去了意識。

【6月17日（星期二）晚間11點15分】

我的手背感到一陣不快，好像有什麼在搔癢似的。

緩緩地把視線移到手背後，我看到一隻小麥色的蜥蜴，站在我的手背上。

「呀啊啊啊啊！」

我嚇得站了起來，趕緊把手上的蜥蜴給甩掉。

真噁心。我一面擦著被蜥蜴爬過的手背，一面盯著趴在地上的蜥蜴。

——蜥蜴笑了。蜥蜴看著我，露出了嘲諷的表情。

〝妳還有時間睡大頭覺嗎？還不快點醒來！〞

蜥蜴好像在這麼對我說。

蜥蜴是爬蟲類。對，舞也是——。

「連這種地方都看得到那個女生！假面人！」

我想要使勁踩死那隻蜥蜴，可是蜥蜴動作很敏捷，轉瞬間就鑽進落葉堆裡，消失得無影無蹤。

看看四周，什麼都看不清，天色一片漆黑。

「糟了！應該還沒有過午夜0點吧？我真是的，在這裡做什麼啊！」

我趕緊拿出手機來確認時間，可是，大概是電池耗盡了吧，畫面一片黑暗，毫無反應。

不知道現在幾點鐘了。

我衝出灌木林，沿著河岸奔跑，想要跑到能夠確認時間的公園。

公園裡的時鐘顯示著【23：35】，我們約定的時間則是23點50分。

我吞了一口口水，摸摸自己的側腹。上衣口袋裡，有個長約10公分、硬硬的東西。

——是舞送給我的禮物。

我馬上轉頭趕往約定見面的地點，也就是學校校園。我的腳步一點也不沉重，反而覺得好輕快。

——為什麼會這麼輕快呢？

連我自己都不瞭解為什麼。

我站在校門口，往學校內窺伺，發現有個人正在操場上跑步。

是菜菜子。她穿著連帽的運動夾克，褲子則是密合貼住雙腿的緊身褲。看起來就像個努力減重的拳擊手。

她一定很拼命吧。我卻沒有幫上什麼忙，真是對不起她。

看到菜菜子努力的模樣，我忍不住流下了淚水，然後，開口喊道：

「菜菜子！」

我用手抓住關閉的校門，輕鬆地翻越過去。大概是聽到聲音了吧，菜菜子往我的方向張望，然後跪倒在地，捶打著自己的胸口。

或許是身心俱疲了吧。

我跑到菜菜子的身旁，用手摸著她的背。

「站得起來嗎？」

沒有回答。菜菜子的右手用力抓著地面的沙土。我剛才沒注意到，原來她雙手都戴上了滑雪手套。

菜菜子用細微到幾乎聽不見的聲音，小聲地說道：

「我拼命地跑，想要更瘦一點。我……不敢吃飯。有好幾次……口渴……想喝水，可是……我好害怕……都不敢喝。我還跑去捐血，甚至還去上好幾次廁所，可是……都出不來。我真的很想要……再輕一點……」

然後菜菜子轉身仰躺在操場上。我驚訝得幾乎尖叫出聲，只好趕忙用手堵住嘴巴。

菜菜子的臉色非常差，缺乏血色，雙眼下方帶著黑眼圈，臉頰好像也消瘦了一些。她的嘴唇因為沒有補充水分的緣故，已經乾裂了。

那些乾裂的裂痕，都滲出血來，而血液又凝結在嘴唇上，形成一條一條的疤痕。

人居然能在一天之內有這麼大的轉變。

「我拼命地……想要再瘦一點，所以……不敢吃飯……口渴……想喝水，可是……我好害怕……都不敢喝。我一直跑去上廁所……可是……都出不來。我還跑去……捐血，不知道我的血能不能幫到別人……我只是想要……再輕一點……」

她仰望著夜空，像是囈語一般重複說著類似的話。我把臉埋在仰躺的菜菜子胸口。

「妳真的很努力，真的很努力！說話很費力吧，不要再勉強自己開口說話了！」

我從菜菜子那裡得到了勇氣，一種名為覺悟的勇氣。

「晚安。今天的星星格外美麗呢。」

背後傳來了說話聲。還有逐漸逼近的黑影——

我趕緊抬起臉，回頭看。身後站的是穿著印有鮮豔花朵連身洋裝的舞。

她的鎖骨洋溢著美艷的氣息，細瘦的手腳大膽地暴露在外，這身打扮，最能夠突顯她身體的纖細程度。

雖然這麼說有點令人懊惱，但是剛才回頭看見舞時，我的內心不禁覺得她好漂亮。

「我想，應該要準備這個東西才對，因為要正確地測量體重。」

舞把右手抱著的數位體重計擺在地上。

「菜菜子，妳現在體重多少？」

「我不知道……體重……我害怕……所以不敢量。……我擔心……要是量了卻發現體重沒有減輕……我會更害怕……」

說話斷斷續續的菜菜子，如此回答我的問題，然後用戴著手套的雙手掩著臉。

那種心情，我可以理解。

「妳最近一次量體重時，體重是多少？」

「……61公斤。」

舞用遊刃有餘的口吻這麼說道：

「妳變胖了呢，小海獅。不過，這次妳總算是減重成功啦，對吧？要不要量體重？誰先量好呢？」

我瞪著舞，用充滿怒氣和憎恨的眼神瞪著她。這次一定要讓她好看！

菜菜子滿面怒容地站了起來。

「又叫我海獅了……海獅又怎樣！海獅是很可愛的動物！我喜歡海獅不行嗎！我先量！妳這個木乃伊！」

菜菜子把手套扯下，扔在一旁，然後脫下鞋襪，絲毫不在意丟臉與否的問題，把運動衣和緊身褲全部脫掉，全身只剩下內衣，接著，她閉上眼睛，緩緩地站上體重計。

螢幕上顯示的數字還在跳動著。

我一直在等待結果出現。體重計測量正確重量只要幾秒鐘，可是這短短幾秒鐘，卻讓我感覺好久好久。

要是結果不如預期，就要接受懲罰——也就是死亡。

之前我看過雜誌，上面寫說有人曾經在1星期內減重16公斤。換句話說，每天平均減掉2公斤。菜菜子今天這麼拼命，應該可以減更多才對。

至少也有2公斤，如果運氣好的話，說不定可以瘦3、4公斤。

液晶螢幕上顯示的數字不再跳動了。

菜菜子睜開一隻眼睛，看著數字，小聲地說道：

「——57．8。」

她在減重之前有61公斤的話，就表示她瘦了3．2公斤。

我上前緊緊地抱住了菜菜子。

「妳真的很努力！真的，妳已經很努力了！」

「嗯、嗯……會痛啦，奈津子。放手啦……」

「我．不．要！因為我很高興，妳真的辦到了！」

雖然勝負尚未有定論，但是我幾乎確信菜菜子贏得勝利了。就像雖然學校還沒寄來考取的通知信，但是自己算算分數也知道一定考取了，心情是一樣的。

菜菜子站得不太穩，全身都散發出過度疲勞的神色。量完體重之後，大概是放下了心中那塊大石頭吧，她噗咚一聲坐倒在地上。

「對、對不起！我好像太得意忘形了。」

「沒關係，謝謝妳，奈津子！明明不關妳的事……妳卻這麼為我著想……我真的好開心。」

「真正努力的人是菜菜子啊！」

我坐到菜菜子身旁，一面笑著，一面撫摸她的頭髮。

「妳想喝什麼？我去買給妳喝。喝什麼好呢？運動飲料怎麼樣？」

我想站起身來，到體育館旁邊的自動販賣機那裡去，菜菜子卻抓住我的手腕。

「還沒有……等舞的測量結果出來再說吧。」

我有些不悅，不過還是「嗯」一聲點了頭，一口答應她了。

「還好這裡只有我們在。假如男生在場的話，一定又會鼓譟著說什麼『只有穿內衣耶』之類的話。不過，雖然都是女生，但是在操場上脫到只剩下內衣，還是會覺得有點丟臉吧。」

舞用嘲諷的口氣這麼對我們說道。她解開連身花洋裝的肩帶，連身洋裝就這麼咻的一聲滑落到地上，彷彿那些印在布料上的花瓣飛舞落下一般，看起來真是美麗。

舞脫下連身洋裝後，我看著舞，驚愕得說不出話來。

「妳的肚子——」

「我的肚子怎麼了？」

舞不解地歪著頭問道。

「妳纏在肚子上的是什麼——」

「繃帶啊。因為流了一點血。抱歉喔，讓妳看到不乾淨的東西了。」

「妳、妳到底做了什麼！跟乾不乾淨有什麼關係！」

我說得上氣不接下氣，聲音都快沙啞了。

「我做了什麼不能說，那是秘密。」

舞的腹部從肚臍到骨盆的地方，纏著一圈又一圈的繃帶，就像是束腹一樣。而且，被繃帶包裹的左側腹，還微微地滲出紅色的液體。

舞有潔白的肌膚，上下都穿著純白的內衣褲，腹部包裹著白色的繃帶，在這樣的襯托下，紅色的暈漬看起來格外顯眼。

我想不通她究竟做了什麼，而且實在很難認定她的精神狀況是正常的。

「現在輪到我量體重啦。」

舞單腳踩上體重計，螢幕上原本顯示【0】的數字，開始劇烈跳動起來。

〃舞究竟做了什麼？〃

這句話一直在我的腦海裡盤旋打轉。

舞用游刃有餘的表情站上體重計，然後看著液晶螢幕。

假如，舞減輕的重量比菜菜子多的話，到那時候——到那時候，我就不得不——傷害菜菜子了。

「要受到懲罰的應該是舞才對！」我在心裡這樣對自己說，放在口袋裡的手，緊緊地握著藏在裡頭的美工刀。

看著液晶螢幕的舞，用極小的聲音說道：

「40．2公斤。」

「40．2公斤？」

我不禁脫口而出。實在是令人難以置信，我甚至開始懷疑自己的耳朵了。

舞的體重，真的是40．2公斤嗎？

我用自己的眼睛看著體重計的螢幕。不帶任何情感的數字，的確顯示著【40．2】沒錯。

61公斤的菜菜子，體重減到了57．8公斤，也就是瘦了3．2公斤。

舞原本的體重應該是42公斤，現在則是40．2公斤，減輕了1．8公斤。

沒錯，菜菜子贏了。

可是，為什麼我總感覺怪怪的，無法安心，胸口也感到陣陣焦躁。

舞那副游刃有餘的神情，還有，纏在她身上的繃帶——要是舞待會突然動刀，切掉自己的手腳，那該怎麼辦？如果發生那種事，我一定要阻止她才行。

現在距離這麼近，我是不可能讓她有機會逃走的。

就在我如此思考時，舞毫不在意地走過我面前。我抓起她那像是樹枝般細瘦的手臂，大聲叫道：

「妳想到哪裡去！」

「放開我。我不會逃走的。」

舞把我的手揮開，走到坐在地上的菜菜子面前，伸出了她的手。

「妳真的很努力呢。」

「……可、可是這麼一來……舞就會……受到懲罰而死啊……。對不起，都是我不好。」

「有什麼好道歉的。要是我贏的話，菜菜子就會死啊。比賽就是這樣，只能認了。好啦，站起來吧。」

舞彎下腰來，把手伸向菜菜子，彷彿像是在說「勝利者應該堂堂正正地站起來才對」。

當勝負已定時，輸家對贏家伸出了友誼的手。就是這麼一幅令人感動的光景。

「我不能……跟妳握手。因為……舞等於是代替我受罰……真的很抱歉！我不該對妳口出惡言的！」

「別在意那些啦，我才應該跟妳說對不起呢。直到最後都還要跟妳起爭執，其實這都不是我們自願的啊。」

菜菜子哭了。一方面是因為自己贏得了勝利，但是另一方面，也是因為班上一位同學將因她而死，所以感到難過。

我也忍不住流下淚來。雖然我很討厭舞，可是，一想到最後會是這樣的結局，還是不禁悲從中來。

就在此時——

舞和菜菜子的手機同時響起，是收到簡訊的通知鈴聲。

【收到簡訊：1則】

菜菜子站起身來，抱住了舞。彷彿是在對她說，千萬不要看簡訊。

舞悄悄地離開菜菜子，回到剛才脫下連身洋裝的地方，從衣服的口袋裡拿出了手機。

【6月17日（星期二）晚間11點59分】

【6／17星期二23：59　寄件者：國王　主旨：國王遊戲　本文：輸的人已經確定。女生座號31號・吉川菜菜子。處以流血致死的懲罰。　END】

從舞的身後偷窺她手機螢幕的我，在驚愕之中不禁大聲喊道：

「為什麼輸的人是菜菜子！為什麼輸的人是菜菜子呢！」

「咦？我輸了嗎？」菜菜子發出慌亂的喊叫聲。原本她抱住舞時，閉上了眼睛，這時卻突然扭頭朝我的方向看了過來。

到底發生了什麼事，她恐怕也難以理解吧。

眼眶中噙著淚水的菜菜子，眼眸透露出迷惘和難捨，以及悲痛的神色。

就像是被關在狹窄鐵籠中的小動物，哀怨期盼能夠獲得釋放的眼神。同時也是希望能從這個詛咒中得到解脫的眼神。

她的眼神，似乎也在期待我說些什麼。

舞用手輕輕撫摸了菜菜子的頭。

「要是我贏的話，菜菜子就會死啊。比賽就是這樣，只能認了。好啦，站起來吧。」

「舞！」

我因為憤怒而發狂，用力地抓住舞的雙肩，接著又抓住她的頭髮，把她一腳拐倒在地。

我緊握的拳頭，還抓著幾根被扯下來的頭髮。當我放開手掌，那些頭髮便被風吹起，在空中飛舞。

舞倒在地上，瞇起了眼睛，冷冷地瞪著我。

「女人為了讓自己更美麗，是不惜說謊的。」

「什麼？」

她緩緩地站起身來，把身上的沙土拍掉，繼續說道：

「我給了妳一把美工刀，難道妳沒發現嗎？刀背的部位沾著血跡，對吧？如果真的拿刀割肉，血跡應該是在刀刃上，而不是在刀背上。所以，我根本沒有用那把美工刀傷害任何人。當然，也包括我自己在內。

我就給妳一點提示吧。

我在肚子上裹著繃帶，並不是因為我受傷了。繃帶所滲出的血，也不是我的。那是學校裡飼養的雞的血。我剛剛才親手扭斷了那隻雞的脖子。至於我身上的繃帶，真正的用意是這個——」

說完，舞背對著我，把纏繞在腹部的繃帶解開。看起來很高級的戒指、項鍊，就這麼嘩啦嘩啦地掉在地上。

舞把所有的繃帶都解開，扔到地面上，然後轉身面向著我。

她的腹部根本就沒有任何傷口。

「這些珠寶，即使這樣看，也還是那麼美麗。不過，當珠寶戴在女人身上時，就能更加突顯女人的美。這些首飾都是跟我媽借來的。故意在繃帶上沾染血跡，只是為了讓妳們誤以為我包繃帶是為了包紮傷口，避免妳們看到真相。所有的一切都是騙妳們的。

還有另一件事，我也騙了妳們。這真是再簡單不過了。我謊報了體重，實際上，我原本的體重是43.2公斤。女人為了讓自己看起來更美，是不惜說謊的，妳們懂嗎？」

這個女人太卑鄙了。不管什麼所作所為都是那麼卑鄙。

菜菜子用雙手蒙住含著淚水的雙眼。舞撿起了地上的連身洋裝，好像什麼事都沒發生過一樣，重新穿回身上。她沒有看著我，只是自顧自地說道：

「可別說我卑鄙喔。」

我再度握緊了口袋裡的美工刀。此刻的我真的很想殺了她。

舞好像早就看穿一切似的，瞪著我說：

「想用美工刀殺了我嗎？妳要是真的敢下手的話，奈津子的夢想就要破滅囉。妳不是一心想要跟某人一起參加高中大賽嗎？」

她已經摸清楚我內心的想法了。

菜菜子越來越慌張，她的呼吸變得急促，上半身左右搖晃著，激烈地顫抖著。接著，她雙腿一軟，垮下身子坐在地上，抬起頭望著夜空。

「我居然還同情妳……真是太傻了。我還覺得妳很可憐，看來真的是大錯特錯！妳根本不是那種人！」

「我又沒有要妳同情我。」

舞撿起掉在地上的戒指和項鍊，扔向渾身顫抖的菜菜子。

「懲罰的時間快到啦，快點把首飾戴在身上，就這樣死去吧。菜菜子，妳剛才還說我是『木乃伊』呢，木乃伊在下葬前，可是需要陪葬品的喔。」

我的忍耐已經到了極限，於是我拿出美工刀，抵住了舞的喉嚨。

「妳現在馬上跟菜菜子道歉！否則，我一刀割開妳的喉嚨！」

「奈津子……別這樣。妳和健太朗的夢想，會因此破滅啊…………舞就算放著不管……她也遲早會死……我相信她一定會受到最嚴厲的懲罰。」

菜菜子即使被恐懼和痛苦圍繞，依舊硬擠出這些話。

我看著菜菜子，她的眼睛一片血紅，睜大到了極限，彷彿眼珠隨時都有可能迸出來一樣。

菜菜子發出刺耳如指甲刮黑板一般的「嘰咿咿」喊叫聲，頓時響遍了夜空。

「這下該怎麼辦才好！」

我忍不住這樣叫道。可是，舞用甜美卻不屑的聲音回答：

「妳自己去想啊。」

「我不是在問妳！」

就在此時，我聽到啪的一聲，好像是氣球破掉的聲音。

怎麼回事？

我朝聲音的來源望去。菜菜子的眼球鼓漲到極點，終於爆開了。

她的瞳孔滴滴答答地流下了鮮血。可能是外層的角膜破裂造成的吧。她眼中流下的血液，把雙頰染成了紅色。

接著，鼻子也流出了大量的鮮血。

「舞一定……會死得比我還慘……」

菜菜子不支倒地。側身倒臥的她，弓起背脊，抱著雙膝。過了一會兒，就一動也不動了。

只有瞳孔和鼻孔不斷地流出鮮血。

「我會幫妳蓋一座墳墓的，木乃伊。」

「呀啊啊啊啊啊——！菜菜子——！」

我放聲嘶吼，大聲號哭。一想起菜菜子那麼努力的模樣，我內心的悲戚就更加深了一層。

菜菜子明明那麼努力，死前卻還是遭到無情的玩弄與戲謔。

——是舞害死了她，是舞殺死了她。我一定要殺了她。

「都是妳害的！」

我再一次將美工刀抵住舞的咽喉，她卻冷靜地抓住我的手腕這麼說道：

「我可不希望妳誤會囉。我也是為了瘦下來而拼命，是真的在拼命，所以才會有現在這樣的結果。」

舞把蒼白的手臂伸到我面前，上面有許許多多的針孔。

「我把自己的血給放掉了。體重不滿50公斤的人，捐血最多只能抽取200毫升。可是，我卻放血放掉了400毫升。我和菜菜子的差距就只有200公克而已，在極小的差距下，決定了勝負。」

自己給自己放血——。不懂醫術的人想要放血，可不是那麼輕鬆的事。她手臂上許許多多的針孔，應該是一再嘗試的結果。一次又一次……一次又一次……。

我看著舞的臉，就像是看到了不應該存在於這個世界上的怪獸一般。在恐懼中的我，不知道該說什麼才好。

可是，我不能向她認輸！

我用左手抓住舞的頭髮，右手拿起美工刀，將她漆黑亮麗的頭髮給割了下來，然後用手拋向空中。

「我現在正式向妳宣戰。我要讓舞受到最殘酷的懲罰，到時妳就好好享受吧。菜菜子一定也會這麼拜託我的。」

「這次只割掉妳的頭髮，算是小小的警告！」

一束漂亮的黑髮，在空中隨風飄散。

——下一次隨風飄散的就是舞，妳的小命。

漆黑的頭髮被夜風吹得越飛越高，最後和漆黑的夜融為一體，消失無蹤。

「快滾出我的視線！」

「等一下。」

舞撿起了菜菜子的衣服，搜索口袋，從運動服之中找到了手機，按了好幾下按鍵，才把手機遞給我。

「未傳送的簡訊文字是『感』。妳有什麼線索嗎？」

「我不知道那是什麼意思。」

「我想也是。還有，剛才收到的下一道命令。」

舞把她的手機遞了過來。

舞會這麼親切地把手機交給我，讓我看命令的內容嗎？

為什麼突然變得這麼友善？

我訝異地確認了簡訊的內容。

【6／18星期三00：00　寄件者：國王　主旨：國王遊戲　本文：這是你們全班同學一起進行的國王遊戲。國王的命令絕對要在24小時內達成。※不允許中途棄權。＊命令9：女生座號19號・本多奈津子、男生座號29號・安田健太朗　要變瘦。以6月18日00：00的體重為基準，體重減輕較少的一方，將會受到懲罰。　END】

「一模一樣。」我不禁脫口而出。舞對我說「加油喔」之後，露出了殘酷的笑容，然後搶回手機，彷彿一陣風似地離開了校園。

我既不感到憤怒，也不感到緊張。

只是難以置信。

我只是無法接受這樣的現實罷了。

有好一陣子，我完全陷入了恍神的狀態之中，無法自拔。

健太朗和我——這次，一定會有一個人死掉。

一想到這件事，我的雙腳便不自主地邁開了步伐。我不知道自己要去哪裡，只是徬徨無助地放任雙腳自行前進。

最後抵達的地方，是我的房間。我打開了房間裡的燈，把手機插上充電器。

「——可惡！舞，我絕對饒不了妳！」

【死亡1人、剩餘22人】

紫閱高中【命令9】——2009年6月

【6月18日（星期三）午夜0點25分】

我一邊充電、一邊打開手機電源，進入主畫面，查看收件匣。收到了2則簡訊。

【6／17星期二23：59　寄件者：國王　主旨：國王遊戲　本文：輸的人已經確定。女生座號31號・吉川菜菜子。處以流血致死的懲罰。　END】

【6／18星期三　00：00　寄件者：國王　主旨：國王遊戲　本文：這是你們全班同學一起進行的國王遊戲。國王的命令絕對要在24小時內達成。※不允許中途棄權。＊命令9：班上每位同學，至少要殺死一位班上同學。　END】

我不敢相信自己的眼睛，腦中一片混亂。這2則簡訊所敘述的內容，我連一半都無法理解。努力地做了幾次深呼吸之後，我的心情總算稍微平靜下來。這時我才逐漸理出頭緒。

舞剛才拿給我看的那則，要我和健太朗要比賽【變瘦】的命令，應該是命令9。可是，現在收到的【班上每位同學，至少要殺死一位班上同學】也同樣是命令9。

難怪舞會突然向我示好，還親切地把命令內容告訴我。總算找到答案了。

舞為了讓我和健太朗競爭，故意拿出假的命令來折磨我。她只是想要享受看見我被折磨的樂趣，好讓她得到快感。

她的內心一定是這樣在嘲笑我吧。

——變瘦真的很累人呢。奈津子要不要站在我的立場，體驗看看啊？和妳心愛的健太朗競爭，這個命令太有趣了。要是真的相信了假的命令，在一天之內拼命減肥的話，一定很好笑。

「我才沒有打算要變瘦呢！完全沒有！」

——那是因為妳無法接受現實，不知道該如何是好，不是嗎？如果這個命令是真的，妳會怎麼做呢？

「我——我才懶得去想這種無聊的問題呢！沒必要去傷這個腦筋！還不就是假的命令嗎！——啊！」

此時，我突然想起那句話。

『我和菜菜子的差距就只有200公克而已。』舞是這麼說的。

——不對。總覺得哪裡有問題。

菜菜子的體重本來是【61公斤】，後來減少到【57．8公斤】，成功減去了【3．2公斤】。舞本來的體重是【43．2公斤】，後來減少到【40．2公斤】，成功減去了【3公斤】。減了【3．2公斤】的菜菜子，以及減了【3公斤】的舞，兩人的確相差了200公克。可是，菜菜子明明減重比較多，為什麼後來卻是她受到懲罰？

當時因為菜菜子的死太令人震驚，所以那個時候，我根本沒有心思仔細計算。

而且，舞還故意用「放血」、「傷口是假的」這些話，來擾亂我的判斷。此外，她還在綁帶裡面藏了一些首飾，讓我們無法精確計算出她的體重。

當下我真的沒有心情靜下來思考。要是我那時能保持冷靜的話，也許就會看出端倪了。舞到底對我隱瞞了多少？真相只有她知道。

妳好像很喜歡用障眼法，來欺騙別人呢。

但是，話說回來，舞畢竟是女孩子，所以才不想讓別人知道自己真正的體重，因而戴上戒指、項鍊之類的珠寶首飾？

真是個手段齷齪、愛耍心機的女人。

就在此時，手機的簡訊鈴聲響起。

【收到簡訊：1則】

【6／18星期三00：37　寄件者：國王　主旨：國王遊戲　本文：確認服從　END】

班上的同學們開始自相殘殺了。大家為了活命，不惜和自己的朋友相互廝殺。

不知道為什麼，我此刻的心情卻異常平靜。來到佛堂之後，我雙手合十，在佛壇前的坐墊上跪坐著。

好久沒來佛堂參拜了。房間裡飄散著淡淡的香氣。我手裡拿著線香，看著擺在供桌上的一張遺照。

平常經過佛堂前，都會看到這張遺照，可是不知道為什麼，今天卻特別吸引我的目光。我不由得伸出了手。

這還是我第一次對遺照這麼感興趣呢。

黑白照片裡的人，是一名上了年紀的男性。我也不知道他是誰，也許是奶奶的丈夫吧？

奶奶什麼事也沒告訴我。就算問了，她也不肯透露，只說「那是不堪回首的記憶，還是不要知道比較好」，便隨口搪塞過去。

即使如此，我還是知道了一些關於自己的過去。

我把遺照翻過面來，把6個卡榫鬆開，裡面的黑白照片和夾藏在下方的東西便掉了下來。原來裡面還有另一張照片。

照片裡面有兩個嬰兒。

那兩個嬰兒都是用白色的浴巾裹住。紅通通的臉上，冒著許多像疹子一樣的細小顆粒。嬰兒的眼睛緊閉，小手握拳，好像哭得非常用力。

毛髮看起來還濕濕的。應該是剛出生的嬰兒吧。

一名身穿西裝的男性，和一名穿著病患服的女性，兩人懷裡各抱一個，臉上洋溢著幸福的笑容。

「這兩個嬰兒，就是我和智惠美吧。抱著我們的人，就是父親和母親吧。」

那是我念小學4年級的夏天。

我在後山那裡抓到一隻大甲蟲。由於這一帶是鄉下，附近有山丘和小河，所以每到了夏天，我都會去山裡抓甲蟲。但是，那麼大隻而強壯的甲蟲，還是第一次抓到。

我開心得不得了。

趕快抓去給奶奶看吧。可是，像平常那樣拿給她看的話，就太沒意思了。這次來點驚喜好了。

我的心裡這麼想著，於是決定把甲蟲藏在奶奶最常用的那個衣櫃裡。

當我打開那個老舊的桐木衣櫃時，在抽屜裡發現了一封信。信封裡面塞了一疊萬圓大鈔，以及一張信紙。

因為我當時年紀還小，看不懂漢字，不瞭解信紙上所寫的內容。不過，有件事倒是可以確定。

就是原來我有個妹妹。

本來我想問奶奶，關於妹妹的事情，不過最後，我還是決定先藏在心裡不說。

因為我會害怕。也許是因為信封裡面還塞了一疊鈔票，所以我才不敢多問吧。我怕那是來歷不明有問題的錢——。

後來，我看了書之後才知道，為什麼當時的我會有那樣的好奇心。據說，國小3、4年級的孩子心理特徵之一，就是會開始探索「自己是誰」。

這個年齡的孩子，一方面開始和父母保持距離，另一方面又渴望變成父母那樣，在這種矛盾心理之下，重新建立親子間的關係。

後來，我把那隻甲蟲拿到院子裡放生了。

「等你再長大一點，變得更強壯的時候，再回到我身邊吧。」我許了這樣的願望。

也許跟同年紀的孩子比起來，我算是幼稚的吧。

因為，我始終相信「這世界上有白雪公主，也有聖誕老人」。

我閉著眼睛。

「從那時候算起，已經過幾年了？那隻大甲蟲，最後還是沒有回到我身邊。——應該早就死了吧。」

其實，我對自己的成長過程，還殘留著一點記憶。

在3歲之前，我一直都是跟家人一起住。我還記得那個背部又寬又大的男人、以及小小的公寓房間。

以現在的用語來說，就是我曾經被那個背部很寬的男人「家暴」，而我則是稱呼那個人為「爸爸」。

我想，一般人大概不會記得自己3歲時候的事情吧？可是——也許是因為那段回憶太痛苦了，所以我才會記得這麼清楚。我不知道被那個人毆打了多少遍，而且，他從來不肯陪我睡覺，這是最令我感到難過的。他是不是很討厭我呢？

現在回想起來，那時候好像有一個跟我同樣年紀的「夥伴」，總是陪在我身邊保護我。那個人就是——智惠美。

手機的鈴聲，像是要打斷我的回憶一般，逕自響了起來。

【收到簡訊：1則】

【6／18星期三00：52　寄件者：佐竹舞　主旨：　本文：剛才量體重時用的小手段，想通了沒啊？我來幫妳解開謎題吧。

《我 43・2↓40・2（減了3公斤）》

《菜菜子 61・0↓57・8（減了3・2公斤）》

按照這樣來算的話，我減掉的體重是3公斤，照理說應該輸給菜菜子才對。不過，【40・2】是體重計所顯示的數字，它把首飾的重量也算進去了。扣掉首飾的重量400公克的話，剩下39・8公斤。這才是我真正的體重。

43・2－39・8＝3・4公斤。

我減了3・4公斤，菜菜子減了3・2公斤。我和菜菜子相差200公克，所以我贏了。

附帶一提：我殺了一個人。 END】

「誰要妳告訴我答案！誰要看什麼附帶一提！囉哩、無聊、煩死人了！妳幹嘛一直纏著我！」

我怒不可抑地大聲咆哮著。

為了不讓奶奶發現，看完夾在遺照裡面的秘密後，我又把照片放回原位，然後砰的一聲關上玄關的門，從家裡飛奔而出，毫無目標地在碎石子路上跑著。

【收到簡訊：1則】

手機又再度響起。是簡訊的鈴聲。

【6月18日（星期三）午夜0點55分】

【6／18星期三00：55　寄件者：國王　主旨：國王遊戲　本文：確認服從　END】

班上又有人殺了同學。

那個人殺了住在自己家附近的同學嗎？

還是安穩地睡在身邊的男朋友或女朋友？

誰殺了誰？——誰又被誰殺了——？真是受夠了。可是，不殺死同學的話，自己就會死。

我停下腳步，打手機給健太朗。——沒人接。

「沒用的東西。」

正在嘀咕的時候，手機的鈴聲響了。

是健太朗？——不，螢幕上面顯示的名字是【真冬】。真冬是健太朗的死黨。

電話那頭傳來真冬溫和的聲音。

『奈津子，妳現在人在哪裡？』

「呃——在煉獄杉附近。」

『那妳知道健太朗在哪裡嗎？』

「不知道！我也正在找他。」

我開始激動起來，把沒有拿手機的另一隻手貼在胸前，感受心臟噗咚噗咚的鼓動。

——真冬為什麼要找健太朗？

難道，他想要拿「互相幫忙」當作藉口，接近健太朗，然後把他殺了？不會吧，他們兩個是死黨耶！

是我犯了疑心病了嗎？

就是說啊！怎麼可能嘛……不過為了保險起見，我還是這麼問真冬：

「你為什麼想知道健太朗在哪裡？」

電話那頭，突然傳來通話中斷的電子音。

我睜大了眼睛。

不對！真冬要找的人不是健太朗，他要找的是我。

一開始，真冬問『奈津子，妳現在人在哪裡』時，我不假思索就回答『在煉獄杉附近』了。我居然毫無防備地洩漏了自己的位置！

真冬知道我的位置了——他會來殺我。再不離開這裡的話，我會被當成獵殺的目標。我會被他殺掉。

牙齒「喀喀喀」不停顫抖的我，巡視了一下四周。被薄薄的烏雲遮蔽的微弱月光，成了我現在唯一的光線來源。30公尺以外的地方全是一片漆黑，什麼都看不到。

這股黑暗就像鬼氣一樣，令人感到恐懼。

我該往哪個方向走呢？

往前直走嗎？

如果中途遇到班上同學？或是有人突然從黑暗中冒出來，我該怎麼辦呢？

逃跑？還是保持距離，問清楚來意？或者跟他聯手？

我抬起頭，望著灑滿星屑的夜空，內心感受到一股妖艷的美感。就在此時，前方的黑暗中傳來呼喚我的聲音。

「小奈！」

是朋友？敵人？還是——宣戰的暗示？

「友美嗎？」我警戒地回應。

我擺出防衛的姿勢，提防突如其來的攻擊。不斷膨脹的恐懼感，開始侵蝕我的身體。

在前方4、5公尺的黑暗中，可以看到友美妖豔的目光在閃爍。

那對眼睛，像是在黑夜中閃耀的星星，又像是深夜時分，出沒在無人小巷裡的黑貓的瞳孔。

「我找妳好久了呢，小奈。」

那對眼睛逐漸向我逼近。

「等等，我們還是保持一段距離說話吧。」

對方的腳步變得更快了，無視於我的要求，快速地朝我跑來。

我轉過身，把對方拋在腦後，自顧自地跑了起來。我對逃脫有絕對的自信。

才剛開始跑，友美的腳步聲就停了下來。接著，背後傳來「咚」的一聲，好像有什麼東西撞到了地面。

我轉頭去看，發現友美就趴倒在碎石子路上。因為光線實在太暗，無法看得很清楚，不過隱約可以看到，她的左手按胸前，好像很痛苦的樣子。

「妳、妳不要緊吧？」

其實我大可不用管她。可是，不知道為什麼，就是無法丟下她不管。我懷著一顆警戒的心，慢慢靠過去。

「喂，友美？」

我在距離友美大約10公尺的地方停了下來，仔細觀察友美的舉動。

「怎、怎麼會這樣！」

我反射性地用雙手摀住口鼻。

友美的右手臂不見了。我這才恍然大悟，友美是在沒有右手的情況下，跑來找我的。因為身體失去平衡，所以才會跌倒。

她身上穿的衣服，右邊袖子的肩膀部分被撕裂，鮮血從破口處大量流出。友美已經奄奄一息了。

「發生什麼事了？」

「真冬他……說不定會來殺妳。我就是被真冬……」友美斷斷續續地說著，好不容易把字句組好，卻又開始嘔出褐色的血。

不是敵人，也不是要向我宣戰！我在心裡吶喊著。

「對不起，我不該懷疑妳的！」

我咬著唇，飛快地跑到友美身邊。

「為什麼不打手機給我呢！打手機就好啦！為什麼要特地跑來呢！」

「……對不起。」

這個時候——【收到簡訊：1則】

【6／18星期三01：05　寄件者：國王　主旨：國王遊戲　本文：確認服從　END】

又是一封確認服從的簡訊，這表示又有人殺人了！又有人被殺了！

才剛看完，手機又響了。這個旋律是……這次是來電鈴聲，螢幕上顯示的是【友美】。

「這是怎麼回事？」我側著頭，納悶不已。

「真冬他……搶走我的手機……可能是想……利用我的手機……誘騙同學出來……」

我的視線，移到友美的右肩那令人怵目驚心的傷口。

怎麼會這麼嚴重呢？

「……他用農業機具……」

友美痛苦地說，她大概是從眼神，看出了我的疑問吧。光靠這短短的一句話，我已經可以猜出發生了什麼事。

這一帶是農業區，友美和真冬在擺放農業機具的周遭起了爭執。

真冬很可能是利用帶有利刃的農業機具，切斷了友美的右手臂。

或者，友美不小心被撞倒，手臂被捲進農業機具裡？

從襯衫破損的裂口看來，很可能是被捲入農業機具裡。

被捲入的手臂遭到機械拉扯，肌肉、血管、骨頭和襯衫，因為抵擋不住拉力而被撕裂——。

一定很痛吧，友美？那一定是令人難以想像的痛楚。

我脫下衣服，按在她的傷口上，想要幫她止血。就在這個時候——。

前方傳來有人在哼歌的聲音。

「友美～奈津子～找到妳們囉。手機鈴聲暴露妳們的位置了！『櫻花雨』真是首好歌！聽了會讓人心情平靜呢。」

我驚恐地抬起視線。首先映入眼簾的，是發出怪異金屬光芒、呈弧狀彎曲的物體。

再把視線稍微往上移。

只見真冬站在大約3公尺的前方，手裡拿著一把割稻用的鐮刀。

「小奈，快逃……」友美一面「咳咳」地咳血，一面痛苦地吶喊。

我一個人當然是逃得掉，可是帶著友美就沒辦法了。

我站在真冬面前，擋住他。

「拜託，放過我們吧。我不想死，也不想看著友美被殺死。我求你，放過我們吧。」

「這個要求真是強人所難。妳應該知道吧，奈津子？妳跟我一樣，不殺死同學的話，自己就會死。那傢伙已經奄奄一息，殺了她也沒差，而且我還可以因此活下來呢！」

是誰把友美弄成這個樣子的？是誰！

我在心裡不斷地安撫自己「要冷靜」，腦子同時不停地思考對策。

用力踢他的下體，把鐮刀搶過來——？可是，搶下鐮刀之後，又能怎麼樣？

我帶著鐮刀逃走，把友美留在原地嗎？真冬也許追不上我，可是他一定會殺死倒臥在地的友美。

就算把鐮刀丟得遠遠的，又能爭取多少時間？那樣根本無濟於事。現在的敵人是男生，徒手的話，我肯定打不贏他。要是這附近有河川就好了。

要擊敗真冬，只有一個辦法了——就是把鐮刀搶過來，然後殺死他。

「小奈……求求妳，快逃。」

「我不要。這是我懷疑妳的報應，我一定要保護妳才行。」

真冬笑著聽我們的對話，然後輕聲地說道：

「這就是友情嗎？真是令人稱羨呢。」

游刃有餘的語調，讓人聽了頭皮直發麻。

這是暴風雨前的寧靜，大開殺戒的前兆。我非常確定——真冬要殺過來了。

我不假思索地冒出這句話：

「請……請你買下我吧。」

「我不懂妳的意思。」

「男人……不是喜歡女人的身體嗎？既然有求於人，當然要付出代價。所以，請你買下我吧。」

「等我殺了妳，就可以佔有妳的身體了。」

我瞪著真冬的臉。也許是因為過度興奮的緣故，他看起來好像頭部充血似地滿臉通紅，瞳孔擴張，一雙眼睛佈滿血絲。

不對勁。真冬已經不正常了。他現在是戴著人皮面具的惡魔。

真冬大力地在空中揮舞鐮刀，一步步地朝我們逼近。

「乾脆把妳們兩個一起殺掉！」

無論如何，我都要保護友美。

我閉上眼睛，做了最壞的打算。只要殺了我，就會收到【確認服從】的簡訊。我祈禱著，希望這樣就能讓真冬恢復正常。

【6月18日（星期三）凌晨1點25分】

「哇啊！」

先是聽到真冬淒厲的慘叫，隨即又傳來沉重的物體砸落地面所發出的鈍重聲響。

可是，我的身體——沒有感覺到絲毫的疼痛，甚至連受傷都沒有。

是健太朗救了我嗎？

我懷著恐懼的心情，睜開了眼睛，只見腳邊躺了一個手拿鐮刀的男性。是真冬沒錯。

我再把視線移向剛才真冬所站的位置。舞就站在那裡，她的臉部、頭髮，還有上半身，都沾滿滿了鮮血。她用那雙彷佛以手術刀劃開一般的細長眼睛，冷冷地俯視著倒臥在地的真冬，而手裡則是握著一顆沾著紅色鮮血的石頭。

舞把石頭丟向黑暗中，然後把真冬手上的鐮刀搶下來。

她到底想做什麼？

只見舞拿鐮刀抵著真冬的咽喉，眼睛眨也不眨地用力割下。

溫熱的鮮血，從喉嚨汩汩流出。鐮刀一揮，飛散的血水便濺到我的身上。舞俏皮地笑著說：

「確認服從。」

我無言以對。她又繼續說下去：

「我一直在等待偷襲他的機會呢。要是跟他正面交手，倒楣的很可能是我。不管怎麼說，妳這條命，我總算是救回來了，再見。」

舞大概是太累了，腳步有點不穩。

「站住！」

聽到我的叫喚，舞緩緩地轉過頭來。

「奈津子，勸妳還是快點動手吧。地上不是躺著一個快死的人嗎？」

說完，舞的身影便消失在黑暗中。我被嚇呆了，所以沒再叫住她。

沾在妳臉頰、頭髮，還有衣服上的血，是誰的？

妳到底是什麼樣的人？為什麼可以面不改色地割斷別人的咽喉？

難道妳沒有一丁點的人性嗎？

不，這些都不是重點。

【收到簡訊：1則】

【6／18星期三01：36　寄件者：國王　主旨：國王遊戲　本文：確認服從　END】

我恢復了理智。又有誰殺了人了。

就在40分鐘前，舞傳了一則【我殺了一個人】的簡訊給我。她的臉頰、頭髮、還有衣服的血跡，應該就是那時候沾上的吧。

命令9的內容是【至少要殺死班上一位同學】，只要殺死一個人就夠了。可是，看舞那個樣子，好像還打算繼續殺下去。儘管都已經累到步履蹣跚了，也不打算停手。

我趕緊跑到友美身邊，確認她的情況。她看起來非常虛弱，感覺呼吸就快要停止了。再不帶她去醫院的話，她一定會死。

我拿起出手機，正打算撥號的時候，友美用她僅剩、虛弱的左手，抓住我的手。

「命令說……至少要殺死一位班上的同學……小奈，妳殺了我吧。」

「不可能！妳以為我下得了手嗎！」

「這是我的命……我很清楚，我已經沒有救了。請妳接收我的命吧……求求妳。」

接收我的命——友美這句話，在我心裡造成了極大的衝擊。

接收一個人的生命，不是隨口就能答應的事。因為那就表示，要繼承那個人的意志、思想——還有未來。好沉重，這個擔子太沉重了。

那種感覺，就像是要以那個人的孩子的身分活下去。也就是要繼承那個人的血，成長茁壯的意思。

可是，孩子若沒有父母的養育，是無法獨自在這個世上生存下去的。生下孩子的人，有義務要把孩子扶養長大。

而我，現在就像是個被缺乏責任感的父母丟棄的孩子一樣。我必須繼承友美的未來，孤伶伶地活下去。

眼淚不停地從友美的眼中流出。她用濕潤的眼睛凝視著我，氣若游絲地說：

「小奈，妳有看星期五晚上9點的連續劇嗎？不知道那部戲的男主角，能否得到幸福……他為了在社會上出人頭地，不惜把別人踩在腳下、背叛那些對他伸出援手的朋友，甚至還拋棄了女主角。因為，他只相信自己。

我好想知道男主角的結局喔。不知道他的未來是幸福，還是不幸？我希望這齣戲有個快樂的結局，男主角能夠及時回頭，從此過著幸福的日子。我不要他……落入地獄。」

友美嘴裡說的是「為了在社會上出人頭地，不惜把別人踩在腳下」的男主角，不過，她其實真正想說的是「她無法認同那些為了活命而殺死自己朋友的人」、「那種人最好下地獄去」。

我是這麼認為的。

「那只是連續劇的劇情，妳不要想太多了。」

「……我知道。」

「我想把我這條猶如風中殘燭的生命，送給還在綻放的妳，小奈。希望妳能答應我一個要求——」

「說吧。」

「我也想成為……咳咳……快點動手吧……快……」

「妳的要求是什麼？」

「朋……友……」

友美的嘴沒再繼續動了。我輕輕地闔上她那雙睜得大大的眼睛。

還來不及把「最後的心願」說完，友美就陷入永遠的沉睡之中了。從她的表情可以看出她不甘心，而且對這個世界還有眷戀。

「妳的要求是什麼呢？拜託妳，把它說完……我會仔細聆聽的。拜託妳，說完好嗎……！」

但是，友美再也無法開口了。

如果是我動手殺了友美，也許還能讓她死得瞑目一點吧。一想到這裡，我的心就痛得揪在一起。

連她臨死前說的「把我這條猶如風中殘燭的生命，送給還在綻放的妳」的要求，我都無法做到。友美的心願，終究沒有一個能夠實現。

我輕輕地把手按在友美的脖子上，慢慢地將兩手掐緊。

「已經太遲了……對不起。」

【確認服從】的簡訊果然沒有傳來。

我抱起友美的屍體。因為，我想把我充滿生命力的眼淚，獻給友美。

「我到底該怎麼辦才好！要我殺了同學嗎？我真的做不到啊！」

把友美逼死的人是真冬。真冬又被舞所殺。所以【確認服從】的簡訊才沒有寄達。

悲傷感和孤獨感幾乎快把我擊倒，讓我陷入了更深的「徬徨無助」深淵中。

獨自被丟進大海裡的我，腳踝被人抓著，一路拖往海底。

那裡是個沒有任何聲音的黑暗世界。足以壓潰一切的水壓，現在正壓迫著我。要是不切斷那隻抓住我的腳、想把我拖進海底的手的話，我也會死，會被拖進地獄裡去。

我站了起來，靜靜地看著地上那顆舞用來砸死真冬的石頭。

有時候，人必須做出殘酷的決定。

只要是隨手能拿到的東西，都可以當作殺人的工具。與其被殺，不如先下手為強。把那些可疑的傢伙、妨礙我的絆腳石，全部都殺掉吧。

只有這樣，才能活命——。

我感覺到背後有一股殺氣逼近。眼前的地上，有一道人影延伸了過來。

我不動聲色，只用眼睛搜尋四周，看看有什麼可以拿來當作武器的工具。我試著從地面上的影子判斷對方的情況，同時保持著隨時可以作戰和逃跑的姿勢。

用計誘騙殺人並沒有錯。與其被殺，不如先下手為強。如果贏不了，就逃跑。

我轉過頭，用威嚇、牽制的眼神，狠狠地瞪著對方。

首先要確定的是，對方是不是比自己強悍，手上是否有拿武器，如果有，又是什麼武器，至於對方是敵是友，那是之後的事。

「奈津子，是妳殺了真冬和友美嗎？」

【6月18日（星期三）凌晨1點49分】

「不、不、不是我……」我拼命搖頭，低聲否認。

「妳的眼神看起來好可怕，奈津子。發生什麼事了？老實告訴我。」

「相信我，真的不是我殺的。我好孤單，好想見到你。因為、因為──」

我希望有人能支持我、保護我。

溫熱的眼淚從眼眶溢出。我奔向健太朗，緊緊地抱住他。

深海裡的我，終於看到「光」了。

我真是可恥。就在剛才，雖然只有一瞬間，可是我居然想殺死自己所愛的人、想要把「光」給捻熄。

「對不起，可是殺死真冬和友美的人，真的不是我。」

剛才背後的那股殺氣，是來自健太朗嗎？

健太朗絕對不可能這麼做的。我想到哪裡去了？我的精神真的受到太大的衝擊了。

我把之前發生的事情，一五一十地說了出來。健太朗也一臉認真地聽著。

「沒想到舞和真冬，居然做出這種事來。」

「舞已經不正常了。」

「為了活命，居然不惜殺死自己的朋友，我真是無法理解。」

「不要盡說些漂亮話，健太朗……」

話還沒說完，我的手機就響了。

【收到簡訊：1則】

【6／18星期三01：52　寄件者：國王　主旨：國王遊戲　本文：確認服從　END】

「不知道這次是哪裡——大家已經顧不得什麼相親相愛了。對了，健太朗，你之前去了哪裡？」

「我之前一直待在派出所。那些警察根本不採信我說的話，所以我……」

語尾的部分，健太朗只是含糊帶過。我認為他大概是想這麼說，於是我接上他的話，繼續說：

「所以你就逃走了？」

「因為我實在忍不住了。奈津子，我認為應該把分散在各地的同學集合起來，想辦法讓大家的心團結在一起。」

「……我認為那是不可能的。要是到時候，演變成互相殘殺的局面怎麼辦？」

「那就先告訴大家『不准攜帶武器』。如果是徒手的話，我們應該還能阻止。」

「你怎麼這麼天真！你以為大家真的會乖乖地照你的話去做嗎？要是他們藏起來怎麼辦？而且，只要是手持的東西，都可以變成殺人工具！即使是地上的石頭也一樣！」

因為太激動的關係，我就像把機關槍一樣，劈哩啪啦地說個沒完。

「所以說，要相信大家啊！要是我們不相信別人，別人同樣也不會相信我們！妳想想看，以前我們都是好朋友，就像大家庭一樣，不是嗎？只要到了學校，就會看到同學，說不定，我們和同學相處的時間，比和父母在一起的時間還長呢。」

我對逃避現實、抱持理想主義的健太朗所說的這段話感到很火大。

「問題是——以前像家人一樣的同學，現在已經變成必須互相殘殺的關係了。你看清楚現實好不好！」

「我一定要讓大家重新回想起來！我知道這需要很大的力量！所以，即使必須有所犧牲，也在所不惜……」

「什麼？有所犧牲……？健……健太朗……」

健太朗突然在我的嘴唇上，輕輕地吻了一下。

沒有熱情的擁抱、也不是那種用手按著頭的激吻，而是把手放在背後，在我的嘴唇上輕輕點了一下，就像平常看到的「親嘴陶瓷娃娃」那樣，非常紳士的吻。

我的臉一定漲紅了吧？不過同時，腦袋也變得一片空白。我茫然地站著，手指微微地顫抖。

雖然只是蜻蜓點水般的輕吻，卻覺得自己的心臟好像快要停止了。

這是我的初吻。我居然忘了要閉上眼睛。

我的嘴唇會不會很乾澀？早知道，應該要塗護唇膏的。

我有刷牙嗎？至少要刷1小時才行吧。

應該閉上眼睛才對。像這個時候，手應該放在哪裡才好呢？

我滿腦子都在想這些。

為了掩飾尷尬，我下意識地抿了抿嘴唇，就像剛抹完唇膏那樣。可是，我馬上停止了這個動作，因為我不想讓健太朗以為我討厭他的吻。

愛是花朵。愛是一條河流，時而平靜、時而激盪。此外，愛是盲目的。

我突然想起，曾經有位社團的同學這麼說過：

「愛是一把利刃。」

我的初吻，就在真冬和友美的死亡現場附近被奪走了。雖然時間和地點都不恰當，我卻感到無限的滿足。

如果這個吻是在【國王遊戲】結束之後，或者，是遊戲結束的暗示，那該有多麼美妙啊！

「等一切結束後，我們再繼續吧。」

我喃喃地說道：

「好，既然你這麼說，那就這樣辦吧——不過，千萬別叫舞來喔。」

健太朗點頭同意了。

我和健太朗分別打電話給班上其他同學，通知他們「到校園集合」。

還不忘特地強調「禁止攜帶武器、或是任何會傷人的道具」。

順利打完電話後，健太朗安心地鬆了口氣。

從他的表情看得出來，他到現在這一刻還深信不會有人攜帶武器。

『要相信大家啊！要是我們不相信別人，別人同樣也不會相信我們！妳想想看，以前我們都是好朋友，就像大家庭一樣，不是嗎？』

大難就要臨頭了。到了這個地步，他還是相信自己可以讓大家的心團結起來。

健太朗就是太容易相信別人。也許，心地善良是他的致命傷吧。可是，偏偏我就是被他這點所吸引。所以我打從心底羨慕他，擁有這些我所欠缺的特質。

大約是距離現在1個月前左右的事了吧。

學校附近的酪農，以「希望學生們多攝取鈣質，長得又高又壯」為由，免費贈送自家生產的鮮奶給全校學生喝。

學生裡面有人討厭喝牛奶，當然不可能喜歡「自家生產的牛奶」了。

這戶酪農人家生產的鮮奶，有種很濃的獨特腥味，連平常習慣喝牛奶的人，第一次喝都會覺得難以下嚥。我們班上有一半的人喝不習慣，紛紛改喝茶。

「那麼難喝的牛奶怎麼喝！還免費贈送呢！用脫脂奶粉泡的都比它好喝。」

壽史耐不住性子，大聲咒罵。

可是健太朗卻說「不喝多可惜啊。我很喜歡喝牛奶，而且我們不應該糟蹋酪農的一片心意」，於是就把鄰座女同學的鮮奶拿去喝了。

「那我的也給你喝吧。」

「我的也是——」

「怎麼連友美也不喝！」

擺在健太朗桌上的鮮奶越來越多。最後算一算，包括他自己那瓶在內，總共有13瓶。

我也搞不清楚健太朗真正的想法是什麼。他是真的喜歡喝鮮奶嗎？還是因為不想糟蹋酪農的好意，才勉強喝下呢？

「喝這麼多！這個愛喝鮮奶的傻瓜，是被同學強迫的吧！」不知情的人看了，大概會以為我們在虐待健太朗吧。

以每瓶200毫升來計算，13瓶加起來就超過2．5公升。再怎麼愛喝鮮奶的人，也不可能一次喝這麼多。

可是，健太朗不但喝起桌上的鮮奶，還喝得津津有味。

不知不覺，班上同學的注意力，全都集中在健太朗身上了。大家都開始感到好奇，想知道「健太朗能不能把鮮奶全部喝光」。

教室裡一片鬧哄哄，所有人都圍繞在健太朗的桌子四周，幫他加油打氣。

在同學的注目下，健太朗喝完了第5瓶鮮奶，此時，坐在他後面的剛志突然大聲喊：「外面那是什麼？」

剛志的聲音把同學們的注意力從健太朗的身上引到教室外頭。只有我還繼續盯著健太朗，沒移開半秒鐘，所以，我全都看到了。

剛志假裝快要跌倒的樣子，趁機把鮮奶倒在健太朗的頭上。

「對不起，我手滑了！」剛志狡辯地說道。

不管怎麼看，他就是故意的。

手滑？

手滑也不至於會讓手上的鮮奶，倒在健太朗的頭上吧！

我以為健太朗會勃然大怒，可是他非但沒有生氣，還反過來關心剛志。

「你不要緊吧？」

我簡直快被健太朗氣死了。

你怎麼都不生氣呢！至少抱怨一下吧！看也知道剛志是故意的啊！

「你是笨蛋嗎！小心一點嘛！」剛志瞪著健太朗說道。

「我是笨蛋？」

糟了，要開打了！教室裡的氣氛一下子緊張了起來。

沒想到，健太朗的反應卻是「你說得沒錯。我喝這麼多瓶鮮奶、頭上被淋了鮮奶，任誰看了都會認為我是笨蛋吧！說不定還會以為我是在滴水……不、滴奶呢」。就這樣，一觸即發的場面頓時平靜了下來。

班上的同學看到健太朗濕答答的模樣，忍不住笑了起來。笑聲沖淡了煙硝味。

剛志大概是看到班上同學都在為健太朗加油，所以心裡很不是滋味吧。

〝有什麼了不起！我也會喝鮮奶！你最好淋得全身都是鮮奶，被大家當成笑柄！〞

剛志的表情，似乎是在這麼說。

健太朗收到的12瓶鮮奶之中，有一瓶是剛志暗戀的對象杏給的。她還在奶瓶上寫了幾個字，字跡圓圓胖胖的，很可愛。

【謝謝你，你人好好喔！加油！小健！】

剛志把鮮奶倒在健太朗頭上的那一刻，剛好就是健太朗拿起那瓶寫了字的鮮奶的瞬間。

我想，這才是剛志倒牛奶的最主要原因吧。

「你為什麼都不生氣？」

「剛志是不小心手滑，又不故意的，為什麼要對他生氣？」

「他明明就是故意的！他在說謊！你還不知道嗎？其實剛志——」

健太朗摀住我的嘴，不讓我繼續說下去。他這麼說道：

「不要再說了，這樣就好了。只要剛志心情變好就行了，畢竟我也有錯。」

既然健太朗都這麼說了，我也就不再追問了。

那個時候的健太朗，心裡究竟作何感想，只有他自己知道了。

隔天，剛志和杏開始交往了。剛志打從進高中以來，就一直在暗戀杏。

而且，那天健太朗和剛志，兩個人居然還有說有笑地聊天。

「奈津子，妳在發什麼呆！到學校去啊！我們要比其他人早到，這樣才能當好的示範！」

我「啊」的一聲，回過神來。

「對不起。」

於是我們匆匆忙忙地趕往學校。幾分鐘後，我和健太朗一起站在校門口，等待其他同學到來。

快要被不安的心情壓潰的我，緊緊握著健太朗的手。健太朗也用他那毫無汙點、純真熱情的澄澈眼神凝望我，同樣緊握著我的手。

健太朗的手又大又溫暖，好像在告訴我「放心，要相信大家」，讓我不安的情緒慢慢緩和下來。

我低頭看著地面，忍不住掉下眼淚，完全無法直視健太朗的眼睛。

【6月18日（星期三）凌晨2點12分】

「讓你久等了，健太朗。啊、奈津子也在嗎？我是來參加討論的，我有遵守約定，沒帶武器來喔。」

剛志光明正大地出現在我們面前。的確，他手上沒有拿武器。

不過，他還是有可能把武器藏在口袋裡。我拉了拉健太朗的手。

「噯！」

健太朗不理會我的顧忌，走上前去。

「剛志，我不是還拜託你把女朋友一起帶過來嗎？杏她怎麼了？」

「這是我跟她的事。我沒必要什麼事都聽你的吧。」

「難道，你不擔心杏嗎？」

「你到底是我們的什麼人啊！我跟你是因為那次的鮮奶事件，才變成朋友的。我能夠和杏交往，的確是託你的福，可是那也是因為我有魅力，杏才會答應當我女朋友喔。你只不過是幫我製造機會而已。」

「你說得沒錯。只是我希望——你能好好保護杏。對不起，我不該多管閒事。」

「自以為多了不起！略施小惠，就以恩人自居啦？」

我看著剛志從我們身邊走過，穿過校門，頭也不回地往校園裡面走去。

我終於知道，為什麼那天健太朗和剛志兩個人有說有笑了。因為健太朗湊合了剛志和杏，所以他們才會變成朋友。

越走越遠的剛志，突然伸手朝後面摸了一下自己的背。是在搔癢嗎？不，那個動作看起來，像是在摸索藏在背後的東西，也像是為了避免東西掉落，而在調整位置。

剛志是敵人。與其被殺，不如先下手為強。把那些可疑的傢伙、妨礙我的絆腳石，全部都殺掉吧。

——健太朗由我來保護。

這是一個星光已經從天空消失的夜晚。

按照古人的說法，這個時間，大概是草木皆已入眠的三更時刻吧。此時班上的同學陸陸續續集合起來了。

有些人看到我和健太朗站在校門口，會主動跟我們打招呼；有些則是視而不見，逕自進入校園；有些大概是因為太害怕，故意不看我們，可是兩腳卻不停地顫抖。

每個人的心裡，都抱持著不同的想法。

那些到學校來集合的同學們，在我看來，就像是用來當作誘餌，吸引獵食的野獸上門的小動物。這世界上有些人是獵食者，有些人是獵物。——我想，我應該是屬於獵食者吧。

健太朗站在大家面前說道：

「請大家聽我說，我——」

剛志突然一個箭步跳到人群前面，打斷健太朗的話。

「至少要殺死一名同學，不然就會死！你知不知道啊——！」

剛志的右拳，硬生生地打在健太朗的臉上。健太朗沒撐住，跌倒在地上。緊接著，剛志又跨坐到健太朗身上，不斷地對著健太朗的臉揮拳。

我上前阻止剛志，拉住他的手，但是因為力氣太小，一把就被甩開了。

「不要妨礙我！妳這隻母豬！」

剛志用手肘朝著我的下顎頂開。我跌坐在地上，嘴裡突然感覺到一股鉛的腥味。大概是咬破皮了吧。

「大、大家快救救健太朗！快拉住剛志啊——！」

我向四周圍觀的同學們大聲地呼救，可是沒有一個人願意上前搭救健太朗。

大概是不想被牽扯在內吧。大家你看我，我看你，紛紛竊竊私語著。

——全是一群冷血的傢伙。發生這種情況，你們就只顧自己嗎？

剛志的手伸到後腰，從皮帶附近抽出一把蝴蝶刀，用刀刃頂住健太朗。

「你給我仔細聽好！我剛才就是用這把刀，殺了一個女人的！」

健太朗驚訝地睜大眼睛，淚水在眼眶裡打轉。

「你、你是騙人的吧？剛志——說啊！說你是騙人的！你不可能殺人才對啊！」

不是只殺一個人就好了嗎？為什麼連健太朗都不放過？

為什麼要奪走我最心愛的人？

我恨剛志。他是敵人，是仇家，是絆腳石。
對剛志的恨意，佔據了我整顆腦袋，讓我一瞬間變得有機可乘。
剛志從健太朗身上迅速站了起來，然後像一股大浪一般，往我這邊撲了過來。
我還來不及從地上站起來，剛志已經繞到我的背後，用左手勒住我的脖子，右手握著蝴蝶刀，頂住我的臉。
「殺人的那一瞬間，還真是痛快啊！我就這樣奪走了那個人的未來呢！」
健太朗「呸」了一聲，把和著血水的唾液吐在地上。然後手撐著地面，慢慢地站起來。
「你是怎麼了？剛志——不是殺掉一個就夠了嗎？處在這種情況下，沒有人會責怪你的，所以，你不要再——」
「體驗過殺人的快感後，就戒不掉了！我就在你面前，把你心愛的奈津子給分屍吧？殺女人的快感，要比殺男人爽多了！她們的尖叫聲可真是美妙無比呢。」
我全身顫抖不已，眼睛直視著蝴蝶刀的刀鋒前緣。刀鋒因為反射皎潔的月光而閃閃發亮。
剛志瞥了我一眼，又轉頭對著健太朗咆哮道：
「啊、對了對了。被我殺死的那個女的就是杏！我就是趁著跟她一絲不掛躺在被子裡的時候，動手殺死她的。那傢伙應該沒來這裡吧？不可能來的！她現在正全身赤裸，倒在路邊睡大頭覺呢。
我永遠也忘不了，一刀刺下去的瞬間，她臉上的表情，以及噴濺出來的溫熱鮮血！杏那傢伙，外表長得不怎麼樣，內臟倒是挺漂亮的。我現在也來確定一下奈津子的內臟吧？妳長得比杏可愛，說不定內臟更漂亮呢！」

健太朗看著地面，喃喃地說道：

「怎麼會變這樣……」

眼淚從他的眼眶溢出，滴落到地面。那是悔恨的眼淚吧——

「瘋了有什麼不對嗎？在這種情況下，任誰都會發瘋吧！」

我仔細聽剛志說的話，發現了其中的矛盾之處。

——剛才他說，他趁著和杏一絲不掛躺在棉被裡的時候殺了她。可是之後又說杏躺在路邊？

剛志拉高音量，張開像鯊魚一樣的大嘴，瘋狂地笑著。

「我可以殺了奈津子吧？先把手指頭和乳頭切下來怎麼樣？」

剛志瞪著健太朗，繼續說道：

「你不想保護奈津子嗎？健太朗。」

說到這裡，剛志手上的蝴蝶刀突然滑落到地上。健太朗眼見機不可失，便張開雙臂朝剛志飛撲而來。

就在這一瞬間，剛志在我耳邊輕聲說道：

「委屈妳了，奈津子。」

「咦？」

我轉頭看著剛志，懷疑自己的耳朵所聽到的話。

「健太朗！這樣才是男子漢！」

剛志再次回頭看著健太朗，大聲咆哮。腦子還處於混亂中的我，背後被狠狠地踢了一腳，然後像是往前跪拜一樣地趴倒在地。

剛志比健太朗早一步搶回了那把蝴蝶刀。

「呀啊啊啊啊啊！會說漂亮話是很好，不過，也要記得保護自己愛的人啊！健太朗！」

剛志躲過朝他飛撲而來的健太朗，使得健太朗整個人往前撲倒。

「內心稍有懷疑，動作就會變得遲鈍喔。想要阻止發狂的我，就不要有所懷疑！」

這一瞬間，剛志的表情變得好溫和。

「如果我認真起來的話——」剛志喃喃地說道。

剛志繞到健太朗的背後，將他的右手往身後拉起，壓制手肘的部位，然後把蝴蝶刀硬塞到健太朗的右手心。

剛志的雙手緊緊抓住健太朗握著蝴蝶刀的右手，往自己的胸前拉去，把刀刃刺進了自己的心臟。

事情發生得太突然了。

胸前的白色襯衫，瞬間被鮮血染成了紅色。

剛志的膝蓋跪倒在地，蝴蝶刀還插在他的心臟上面。他勉強撐住上身，擠出僅剩的力氣，對班上的同學喊話：

「大家聽著……這樣……彼此殘殺……有什麼意義呢？你們都看到了吧……朋友互相殘

殺……有多麼殘酷、多麼醜陋……這麼做，能留下什麼呢……健太朗，不要過來！」

「你為什麼要這麼做？剛志！你說啊！」

「大家……都瞭解了嗎？把手機拿去……看裡面的……簡訊……」

剛志咚的一聲往前倒下。原本插在心臟的那把蝴蝶刀，現在刺得更深了。

他握著手機的左手，伸向健太朗之後，就沒了動靜。

「剛志——！」

健太朗拭去眼淚，拿起剛志握在手心的手機。螢幕上面顯示出未傳送簡訊的內容。

【給健太朗：

當你看到這則簡訊時，就代表我已經死了，同時也表示計畫成功了。

我想解釋一下，大家對我的誤會。

我應該會告訴大家，杏是我殺的。其實那是騙人的，我只是想要挑釁大家而已。

我趕到杏身邊時，她已經被殺死了，而且死狀非常悽慘。

我忘不了杏臉上的表情和溫熱的鮮血。她的身體還溫溫的。

不是我沒遵守約定，而是我保護不了她。杏就算想來，也來不了。

我不會要求你替我們報仇，相反的，我並不希望你這麼做。

寫這篇文章的用意，只是想要讓你瞭解真相而已。

你這個濫好人，心裡在打什麼主意我早就看透了。

你絕對不會為了讓自己活命，而殺死班上的同學。可是這麼一來你就會死。我不要這樣。
於是，我開始動腦筋去猜測你在想什麼。雖然已經很久沒動腦了。
這是我的想像——你一定是想在大家面前，讓某個人殺了你吧？這麼一來，同學們就會瞭解了。
朋友之間互相殘殺，是多麼殘酷不人道的事。
我猜對了吧？
我這個人很聰明吧？
當我聽到你說，要同學們到學校集合時，我就想到了。
這件事一定很難以啟齒吧？叫同學不要殺死同學，就等於是叫他們去死一樣。
所以你不敢說，正確來說，應該是你開不了口。
於是，你決定讓大家親眼看看，殺死同學是多麼殘酷的行為，然後由大家自行決定。既然要殺同學，就得要有這樣的覺悟才行。
不是嗎？
如果看了之後，大家還是決定要殺死同學的話，那就殺吧。這也是沒辦法的事。因為不殺同學，自己就會死。
國王下這道命令，還真是整人呢。
我決定由我自己來當壞人。你本來計畫要做的事，由我來替你執行。
這是我最後能報答你的方法。

謝謝你湊合我和杏，THANK YOU！沒有你，我就不會和杏交往了。

你幫我製造機會，是我這輩子最棒的驚喜！真虧你想得出那個方法來呢。

你這個人喜歡裝傻，總是想把怒氣轉變成笑聲。

可是，有時候還是要懂得放下善良和猶豫，學習憤怒和殘忍。

否則就無法保護自己所愛的人。

接下來輪到你了。快向奈津子告白吧，傻瓜！奈津子在等你呢。

最後我想說的是，惡魔真的存在——拜拜啦。剛志留。】

這時候，班上同學的手機都收到了簡訊。除了健太朗手上拿的剛志的手機之外。

【6／18星期三02：25　寄件者：國王　主旨：國王遊戲　本文：確認服從　END】

健太朗已經不再流淚了，儘管他心裡一定很想狠狠地痛哭一場。

他低著頭，看起來像是極力在壓抑自己的情緒，連聲音都在顫抖。

「誰才是濫好人啊！最痛苦的人是你吧，因為你失去了杏啊！在這樣的情況下——在我們之中，你才是最冷靜的那個。你沒有瘋，你是最開朗、最善良的人——啊啊啊啊啊！」

聽到健太朗的吶喊，我忍不住流下了眼淚。

健太朗抬起頭看著大家，像是要抹去內心的悲傷似的，以堅定的語氣說道：

「殺死同學就是這麼殘酷的事——現在你們都知道了吧？殺了同學之後，未來就只剩下自己一無所有的生命而已！我希望大家要有這樣的覺悟！」

有段時間，現場的人動也沒動一下。大家的內心一定都有不同的想法，一定都很掙扎吧。
然後，一對男女走到了健太朗的面前。
「我們……」康太低著頭，喃喃說道。
「健太朗，就這樣吧。」千夏把康太的話接下去說。
他們手牽手，往教室的方向慢慢走去。
接著，渡跑到健太朗的面前。
「我也無法下手殺死同學。與其這樣——不如為某個人犧牲吧。」
「那你就去死吧。」
一個絲毫不帶感情的聲音，在同學之間響起。一瞬間，周圍的空氣彷彿凝結了。
渡的背後有一雙黑色的手，正無聲無息地靠近，然後一把攫住渡的頭部。
下一瞬間，渡的頭被扭轉180度，鼻子、眼睛和嘴巴突然消失，取而代之的是黑色的後腦杓。
然後，渡的身體開始慢慢往後傾倒。
「你的命因為某個人而奉獻犧牲，真是太好了。」
壽史鬆開自己的皮帶，將它掛在脖子上，然後這麼說道。
這個時候，在場的人手機同時響了起來，卻沒有一個人想查看簡訊。
「我終於知道，殺死別人是多麼殘忍的事了。想活命就要殺，到最後，就只剩下自己一條命了，對吧？」
他的聲音像是在威嚇那些鴉雀無聲的同學，同時彰顯自己的權威。

就在此時，教室頂樓傳來不知道是誰的吶喊聲。

「大家保重了。我們不會給任何人添麻煩的。」

在月光的照射下，可以看見康太的身影，他攀越了頂樓的護欄，往邊緣走去。

「我討厭殺人，也不想被殺。我不想破壞我們彼此之間的友誼！」

千夏的身影就緊鄰在旁邊，兩個人手牽著手，貼得很近。

「所以，我們決定要這麼做。」

剛才手牽手，往校舍大樓走去的康太和千夏，現在就站在5樓高的頂樓邊緣。只要一陣強風，就會把他們吹落。

兩人的身影緊緊抱在一起，親吻著彼此，身體一動也不動，彷彿要一直吻下去似的。

不一會兒，那對身影彷彿被什麼力量吸引一般，以擁抱的姿勢往下墜落。

喀啦！咚！聽來像是盆栽的碎裂聲和鈍重的墜落聲，同時傳入耳中。

兩種聲音結合在一起形成的戰慄旋律，很快地消散在凝結的氣氛中，只留下無奈的嘆息。

【6月18日（星期三）凌晨2點58分】

健太朗睜大眼睛，雙腿無力地跪坐在地上。他握著拳頭，用力搥打地面，發出悔恨的吶喊。

「不——！不應該是這樣的！」

站在健太朗面前的壽史這麼說道：

「我不懂你有什麼好懊悔的？這不是你和瘋子剛志所期待的嗎？把班上同學集合起來，然後演一場殺戮的戲碼，難道不是嗎？」

「思想這種東西，是最難溝通的，因為每個人的想法都不同。告訴我——殺死杏的人，該不會是你吧？」

「誰知道呢。對了，我突然想到，舞好像提過『未傳送簡訊』，以及『遊戲可能會一直持續到只剩下一個人存活為止』兩件事。如果是這樣的話，你應該知道該怎麼做，對自己最有利吧？」

「你不要道聽塗說！那是舞自己亂猜的！不過，有件事我不能接受，那就是你說剛志是『瘋子』！剛志很冷靜，他不是瘋子！我要你收回你說的話！」

健太朗撿起身旁的石頭，站了起來。

「我記得你是長跑好手吧？長得那麼瘦弱，你有把握打贏我這個柔道社的嗎？你忘了我們以前比過腕力嗎？還拿石頭咧！真是可笑極了。平常總是『嘻皮笑臉』，不敢跟別人發生衝突的孬種，會有什麼能耐？你其實只是個膽小鬼吧？」

「衝突只會製造『憎恨』而已。如果能夠避免憎恨，就算被人嘲笑是『嘻皮笑臉的膽小鬼』，我也無所謂。」

「跟你說話真的很讓人火大。快滾吧！這樣我對你的憎恨就會消失了。」

壽史的雙手拉著皮帶的兩端，得意洋洋地在健太朗面前說道：

「你知道嗎？柔道服的帶子也可以用來勒死人喔。當然，在場上那麼做是犯規的。所以，皮帶也有相同的功用……」

就在這個時候，身材嬌小，個性內向，平常像牆頭草一樣人云亦云、沒有主見的太一，悄悄地站到了壽史的背後。

太一也是田徑社的。

直到目前為止，太一都還沒有主動發言過。每次人家說什麼，他就只會在一旁附和說「就是說啊」。因為這已經成了他的口頭禪，所以大家給他取了一個「就是說啊先生」的外號。

「不要小看田徑社。我們每天都要練習拉筋、跑步，沒有你想的那麼弱不禁風！再說，用自己擅長的運動項目來殺人，實在是太低級了。」

此時，太一跳起來，抬起右腳朝壽史的背後踢去。可是，壽史還是文風不動地站著。壽史的背，硬得像一塊鋼板。在反作用力之下，太一的身體失去平衡，著地失敗，屁股和手肘撞到了地面。

面無表情的壽史，冷冷地瞥了太一一眼，嘲諷地笑道：

「沒想到『就是說啊先生』太一，居然也會對我有意見，而且還想反抗我？真是太稀奇了——你們是不是弱者，實驗看看就知道。」

壽史把皮帶捲成一圈，握在右手上，另一手擒住太一的脖子，把皮帶套上去。

接著，雙手用力將皮帶拉緊，往上抬起，太一整個人就這樣被騰空拉起。

是吊刑。

「你知道什麼叫過肩摔嗎？」壽史喃喃地說。

他俐落地將身體轉了半圈，讓太一的背和自己的背貼在一起。

太一痛苦地掙扎著。

壽史半彎下腰，拉住皮帶，用力將太一往前扔出去。

太一弓著背飛了出去，在空中劃出一道美麗的弧線，就像被擊出的高爾夫球一樣。

一道「啵嘰」的悶響，迅速傳進我耳裡。現場的氣氛頓時凝結了。

太一墜地後，就沒再呼吸了。

是頸椎折斷了吧？脊椎應該也受傷了。

「實驗終了。結果證明，脖子的肌肉訓練不足。我早就想用皮帶試試過肩摔了。要怪就怪你自己，誰叫你要跟我作對。第一次反抗，就變成這副模樣，真是可憐啊！太一，你說你喜歡的運動叫什麼來著？」

壽史踹了踹太一的身體這麼說。

健太朗掙扎地爬到太一身邊。他抱起太一，背部不停地顫抖。

壽史炫耀地說道：

「啊，看來我好像挺受注目呢。這種感覺挺不賴的嘛。」

我大叫道：

「我饒不了你！」

我拔出插在剛志胸前的蝴蝶刀。

健太朗見狀，趕緊出聲制止：「住手，奈津子！」

健太朗低垂著頭。我完全看不出來，此時的健太朗臉上是什麼表情。

「奈津子，妳已經有覺悟了嗎？要是殺了壽史，妳也會變得跟他一樣啊！」

「不一樣！不一樣！健太朗，難道你要袒護他這種人嗎？」

「沒有不一樣！都一樣！」

「都一樣」這幾個字，聽起來很沒有說服力。健太朗也感到迷惑了吧。

正因為健太朗的信念動搖了，所以才不敢正眼看我。

「對不起，我實在無法原諒他！」

健太朗輕輕地把太一放回地上，然後像是在確認自己的心跳似的，把手貼在胸前的位置。

他抬起臉看著我。

健太朗的心在哭泣。

「不要說對不起！妳聽好，奈津子！如果妳現在殺了壽史的話，事情就無法挽回了。」

「都已經到了這個地步了啊！剛志不是這樣寫的嗎？『有時候還是要懂得放下善良和猶豫，學習憤怒和殘忍』！現在就是那個時刻啊！連太一都懂得站出來反抗了！健太朗，你是膽小鬼嗎？說啊！」

「也許在奈津子眼裡看來，我是膽小鬼沒錯，可是『膽小』和『忍耐』是不一樣的！」

「——那我該怎麼辦？不殺人的話，我就會死啊！我一定要殺了壽史！」

「不可以！妳現在非常痛恨壽史。殺死妳痛恨的人，就只是單純的殺人而已！」

健太朗喃喃地說道：

「奈津子——殺了我吧——」

因為語尾的部分說得含糊不清，周圍的人應該聽不清楚吧。

健太朗的這句話，帶給我莫大的衝擊。一瞬間，我無法理解這句話的意思。

「為什麼、這是為什麼……」

我哭著問健太朗。

「殺了自己憎恨的人，根本沒有任何好處——硬要說的話，就只是『自我滿足』和『逞一時之快』，不是嗎？報復那個自己所痛恨的人，對自己有什麼幫助？只是藉由傷害對方來『滿足自己』，讓自己也變成可憎的人而已。除了心情得到短暫的痛快之外，還留下什麼呢？妳那麼做的話，只會引起憎恨的連鎖反應。尤其是處於這種——至少得殺死一個同學的情況下。正因為超乎常理，所以殺了別人之後，事情也不會結束——而是會渴望看到事件出現更超乎常理的發展。如果妳殺了我，也許想法會有所不同。我認為，當要殺死的對象，是自己所愛的人時，會對人們內心造成更大的衝擊。就像自己的父母去世時，和在報紙上看到陌生人死掉時，反應是不一樣的。——那個東西，就是我們的心靈能夠賴以生存的糧食——」

健太朗的臉都哭花了，肩膀因為哭泣而上下抽搐著。
「繼續說啊，我會聽你把話說完。」
我靠近健太朗，緊緊地握著他的手說道。
「對不起，我怎麼會跟妳說這些——我的腦袋到底怎麼了？我現在也不知道該怎麼辦！我只是不想看到奈津子殺死同學！我不要妳變成殺人犯！」
健太朗的聲音很小，他用只有我聽得見的聲音繼續說道：
「我願意把我的生命，送給想要活下去的人——這樣，那個人就會瞭解生命的可貴。我希望他能夠把我的生命當作糧食，堅強地活下去——」
壽史不知何時站在我們背後，臉上帶著邪惡的笑意。
「我想知道你們在說什麼，所以一直站在後面聽。沒想到卻是冠冕堂皇的連篇鬼話，還說得一把鼻涕一把眼淚，實在是讓人聽不下去了～」
我回過頭，瞇起眼睛瞪著壽史，以堅定的語氣反駁他：
「什麼叫『哭得一把鼻涕一把眼淚』，都幾歲的人了，說話還跟三歲小孩一樣，真是噁心透頂。可見你這個人連內心都很幼稚！」
健太朗趕忙摀住我的嘴說道：
「不要再激怒他了，奈津子！對不起，壽史，請原諒她吧。」
健太朗的不祥預感變成真的了嗎？壽史的眼神的確起了變化。「三歲小孩」、「噁心透頂」這些話，好像惹毛了壽史。

壽史的指關節喀啦喀啦作響，緩緩地朝我們逼近。

「我要殺了妳！讓妳再也不敢這麼囂張！汙衊我的人都得死！」

「快逃，奈津子！」

健太朗推著我的身體說道。

「健太朗，你也一起逃吧！」我跌坐在地上，拉著健太朗的袖子。可是，他卻揮開我的手。

「我不能逃。我要留下來，我有義務讓大家團結在一起！」

「別傻了！那是不可能的！」

「沒有什麼是不可能的！」

我們兩個正在爭執不下的時候，壽史已經來到了觸手可及的距離。

我亮出蝴蝶刀，對著壽史。

「別靠過來！」

壽史嘲笑道：

「既然要殺，就不要囉哩叭唆的，直接刺過來啊！不要只會拿來當作嚇唬人的道具！光用嘴巴說又有什麼了不起！」

「我、我是來真的喔！」

「既然如此，就殺了我啊！來呀、來呀，妳想刺哪裡？」

壽史發出勝利的笑聲，雙手毫無防備地張開。

氣死我了。讓人實在嚥不下這口氣！真以為我不敢動手嗎？

「住、住手！奈津子！」

健太朗大叫著，試圖要抓住我。我一把將他的手揮開，站了起來。

「來呀！妳不是要來真的嗎？」

壽史睜大眼睛，視線不停地左右移動，好像還不知道自己處於什麼情況。

幾秒後，壽史雙手壓著自己的鼠蹊部。

「噁、噁噁！」

他發出一陣像是要嘔出胃酸般的混濁聲音。

「唔啊啊啊啊啊！」

然後，又發出像是遭到惡魔詛咒般的淒厲慘叫。

他的大腿內側浸濕了一大片。不過不是尿失禁，因為液體是紅色的。是鮮血。我手上的蝴蝶刀，正刺進壽史肚臍下方的部位。

我原本打算要切下他的命根子的，可惜，沒對準。

「好痛啊——！痛死我啦！妳知道妳對我做了什麼嗎！」

壽史拔出插在他身上的蝴蝶刀，扔在地上，然後咚的一聲跌倒在地，雙手緊緊摀著鼠蹊部，身體像蝦子一樣往前彎曲，不停地掙扎。

我帶著勝利的氣勢說道：

「剛才叫我動手的人是誰啊？」

「妳、妳居然真的動手——？」

「你不也殺了太一嗎！」

此時，背後有人拉了拉我的袖子。我轉過頭，那個人卻看著地上。

我看到的是有著特殊短髮造型的人，所以一眼就能認出她是誰。

她是平常待人溫厚，個性柔順的亞矢子。亞矢子很愛看書，學校圖書館裡有一半以上的小說，她幾乎都看過了。午休時間或是放學後，只要去圖書館，通常都會看到她。

——有好幾次，我還看到她和太一，兩人放學後一起去圖書館。

太一穿著體育服，大概是從社團活動偷溜出來吧。平常只看愛看漫畫，很少看小說的太一，居然也津津有味地看著懸疑小說。

我常常看他們兩個在一起猜測小說的結局，看樣子一定很快樂吧？

能和喜歡的人在一起，那是多麼珍貴的時光啊！

亞矢子撿起剛才壽史扔掉的蝴蝶刀，對著我低聲說道：

「我的力氣很小，所以一直沒機會使用暴力——謝謝妳。」

我猜，亞矢子省略沒說的話，應該是這樣吧——

『終於讓我等到機會了！』

亞矢子握著蝴蝶刀，感覺很用力。看到亞矢子臉上透露出來的殺氣，我忍不住屏住了氣息。

亞矢子繞到橫躺在地上的壽史背後，朝著他的背狠狠刺下。

「真是令人遺憾的結局，對吧，太一。不，也許是值得祝福的結局呢。」

亞矢子喃喃地說。

「憎恨的連鎖開始了。」

我無意識地這麼說道。下一瞬間，眼前的景象突然開始旋轉。

不是地震——。這是怎麼回事？

我的意識開始模糊，閉上眼睛，連站都站不住，整個人就這麼倒了下去。

【6月18日（星期三）晚間11點6分】

好溫暖。胸前的位置感覺暖烘烘的。正確來說，應該是有一股暖流，進入了胸口吧。我的身體上下搖晃著。這是什麼感覺呢？

我緩緩地睜開沉重的眼皮。視野逐漸變得清晰，首先看到的，是略微黝黑的脖子。

這是誰的脖子？

我感到一陣納悶。

「我再問妳一次，是妳殺了杏嗎？」

聽到有人這麼開口問道。

「是的，因為我討厭那個女生。」

「只因為這樣嗎？」

「不要那麼兇嘛。我這麼做是有理由的，健太朗。」

那對男女的對話突然停了下來。我還是無法掌握狀況。

抬起臉之後，出現在眼前的是黑色的頭髮。我好像是被健太朗背在背上。四周看起來還是一片黑暗，不過，不像是在學校裡面。

這裡是哪裡呢？

現在幾點了？

還有，亞矢子後來怎麼了？

好多疑問同時浮現腦海。

「……健太朗，放我下來。」

「妳清醒了嗎？對不起，我把妳打昏了。」

原來是健太朗從後面襲擊我，害我暈厥過去，昏睡到現在。我摸摸自己的後頸，從健太朗的背上跳下來。

視野還是有點模糊，站立的時候也有點頭暈。我問健太朗說：

「喂，現在情況怎麼樣了？」

健太朗沒有回答。我想起來了，剛剛我還在健太朗背上的時候，他好像在跟什麼人說話。

我瞇起眼睛，往剛才聽見聲音的方向望去。

我看到美鈴就站在5公尺的前方，她雙臂交叉，不耐煩地說道：

「公主醒來啦？有騎士保護妳，真叫人羡慕啊。我繼續說好了。杏從我身邊把剛志搶走了，她是狐狸精！」

「搶走？你們又沒有交往。剛志喜歡的人是杏啊——」

「才不是呢！剛志本來是想跟我交往的！那種女人到底哪一點好！

我真是搞不懂！我的條件明明比杏好太多了，無論是長相、胸部，還是身材！杏自己也說『不喜歡剛志』，為什麼他們兩個會突然開始交往？」

——是健太朗湊合了剛志和杏。

「因為她搶了剛志，我才會殺掉她。」美鈴微笑著說。

美鈴對愛非常執著，所以嫉妒心也格外強烈。

聽到美鈴的自白，健太朗睜大了眼睛，肩膀無力地垂下，臉上的表情很複雜。

就像是在責怪自己、輕視自己——都是我種下的惡果。

為了讓某人得到幸福，卻犧牲了另外一個人。健太朗心裡大概是這麼想的吧？

可是，這不能怪你啊。如果想那麼多的話，有誰能得到幸福呢。

假設A和B兩人都喜歡健太朗。健太朗和A交往，B就會傷心。反過來的話，傷心的人就變成了A。可是，如果不跟其中之一交往的話，A和B都會傷心。

突然，美鈴捧著肚子大笑起來。笑聲大到彷彿要穿透人腦一般。

「我跟妳說喔，奈津子。健太朗他一邊背著妳，一邊在找那個殺死杏的人，就這樣找了好久，少說也有20個小時以上吧。明明可以先把妳放在什麼地方休息，他卻堅持說『我不能丟下奈津子一個人』、『她會變成這樣，都是我害的，我必須保護她』。妳說，他是不是大笨蛋？我看他到處找來找去，就跟他說『我幫你找吧』。所以，一路上我都跟在他身邊。實在是太有趣了，我都快被他笑死了。看到健太朗哀傷嘆氣的模樣，我就假裝很擔心地說『你一定可找到那個人的』，其實我心裡都快笑翻了，因為『杏就是我殺的啊』。」

面對這樣的美鈴，我湧上一陣從未有過的憤怒之火。

她那種趾高氣昂、嘲弄別人的態度，實在令人火大。人明明就是她殺的，卻裝作什麼都不知道！還裝好人呢！真是太陰險了！

我這麼問她：

「既然這樣，為什麼妳現在要承認人是妳殺的？」

「同情吧。妳知道健太朗得知真正的殺人兇手是我的時候，說了什麼嗎？『去向剛志和杏道歉』。他不是要替他們報仇耶！他苦苦追尋犯人，就只是為了要犯人道歉而已。」

「我打從心底同情妳這個卑鄙又彆扭的傢伙。健太朗，拜託你，不要阻止我。」

健太朗從後面抓著我的肩膀，打算要說什麼。我不留情面地對他吼道：

「不要阻止我！這傢伙怎麼可以這樣玩弄別人的心……我無法原諒——」

我衝向還在笑個不停的美鈴，伸出左手，一把揪住她的頭髮，接著用右手在她臉上連續甩了幾個巴掌。

接著，像是要把抓在手裡的那撮頭髮全部拔掉似的，用盡全力拉扯。

美鈴沒站穩腳步，身體往前傾倒，我趁勢把腳抬起，用膝蓋重重地頂在她臉上。美鈴的鼻子被膝蓋給撞凹了。

她的身體往後彈起，鼻血四處噴濺。

然後，發出有如金屬一般尖銳的慘叫，雙手摀著鼻子，好像要對我說什麼。不過，我不給她任何機會。

我用雙手大力推開她的肩膀。美鈴搖搖晃晃地往後傾倒，我又再度抓住她的頭髮。

接著，我扯住美鈴的頭髮，把她的身體轉來轉去。

「住手，奈津子！我、我知道錯了！」

「妳不是殺了杏嗎？妳不是把健太朗耍得團團轉嗎！怎麼？自己被人家玩弄的時候，就哭著求饒啦？妳也太孬種了吧！」

我像個男人一樣，不斷地爆粗口。此時的我，好像完全變了一個人。也許，我心裡的某個部分已經崩潰了。

班上其他同學也是，跟前幾天比起來，簡直判若兩人。眼前的美鈴，以前並不是這樣的女孩子。

——難道，這才是我、還有美鈴的本性嗎？

【國王遊戲】所創造的環境，是為了喚醒那沉睡在人們心中的本性嗎？

以人皮包藏禍心的靈魂，化身為復仇的惡魔。這就是——這就是我和美鈴原本的真面目嗎？

過去，我們都只是用偽善的表情來裝飾自己而已嗎？這種感覺，就好像自己遭到無情的背叛一樣。人類這種生物真是醜陋，而且惡毒得無以復加。

我記得美鈴剛才這麼說過：

『看到健太朗哀傷嘆氣的模樣，我就假裝很擔心，其實我心裡都快笑翻了。』

嘴上說「擔心」，心裡卻在嘲笑。她真正想的是「我才懶得管你的死活」吧？

語言真是一點存在意義也沒有。嘴巴上說說，誰不會呢？捏造謊言來欺騙別人，這種事誰都會。只要懂得運用美麗的辭藻，就可以編出頭頭是道的長篇大論。

去死吧。像這樣的人，死了最好。

我用手抓住美鈴的腳踝，像是甩鉛球一樣地甩了幾圈之後，朝附近一根電線桿的方向用力拋去。

美鈴的頭，直直地朝電線桿撞了上去。

「咚！」聲音聽起來就像是槌子敲打柏油路面一樣，直衝進心坎裡。

美鈴的身體掉落地面之後，就一直趴著，動也不動了。

她的眼白外翻，額頭上流出鮮血。

「我要和健太朗一起活下去。」

【國王遊戲】是一個誘發出人類真正本性的遊戲。

裝模作樣的人太多了。

「我會保護你」、「我會幫助你」、「要是你死了，我也活不下去」。

這種漂亮的場面話誰不會說？我倒想看看，處於這種環境之下，這些偽君子還能繼續演到什麼地步。

在這世界上，根本不可能有誰願意為了別人而犧牲掉自己的生命。

我記得，那是在收到【做愛】命令的時候吧。

接到這個命令的男同學，陷入了絕境之中。

要是不趕快找個人做愛的話，就要接受懲罰。

就在時間快到之前，那名男同學的死黨對他說：「和我的女朋友做愛吧。」

「只要能救你一命，就跟她做愛吧。雖然我也不甘願，可是我一定要救你。」

但是，那個死黨卻在最後一刻背叛了他，那名男同學因此而受到了懲罰。

就算是死黨命在旦夕好了，可是又有誰願意看自己的女朋友和別的男人做愛呢？

如果我能活著見到智惠美，我想這麼問她：

「換作是妳，會怎麼做？如果智惠美也有男朋友，而且陷入同樣情況的話，會怎麼做呢？

我是不可能接受的——」

我好想見智惠美一面啊。我有好多話想問她，好多好多。

【收到簡訊：1則】

【6／18星期三23：23　寄件者：國王　主旨：國王遊戲　本文：確認服從　END】

只有至少殺死一個同學的人，才能活下去。

也許，每個人殺人的過程都不一樣。但是，凡是能夠活下去的，都是殺過人的劊子手。

【6月18日（星期三）晚間11點32分】

「確認服從。」

我喃喃地說道，彷彿就像——嬰兒呱呱墜地的「誕生之聲」。

死神，引誘人們步向「死亡」的神。死神的氣息，給了我嶄新的生命，我因此發出了「確認服從」的誕生之聲。新的「脈動」開始了。

今天，我因為殺人而重生了。

我從橫躺在地上的美鈴身上，取走了手機。在未傳送的文件匣裡，發現了一則簡訊。

那是【最】字。

「這是什麼意思？」

我轉過頭看著健太朗，可是健太朗卻刻意避開我的視線，往後退了幾步。那副模樣，就好像受到威脅的小貓一樣。

——他怕我。

我慢慢地走上前，握著不停發抖的健太朗的手。

「不要討厭我。」

我流著眼淚，以一種從來沒有用過的嫵媚口吻哀求著，聽起來就像是在表演浪漫愛情劇一樣。從旁觀者的角度看來，一定會認為我是個不會演戲的木頭。如果這是拍片現場，導演肯定會喊「卡」吧。

不過我不在乎。我要繼續演下去，克服眼前的困境。

淚水、嬌嗔、嫵媚，這些不正是女人的武器嗎？

如果不這麼做的話，健太朗一定會討厭我。請原諒我的裝模作樣吧。

我站在健太朗的面前，解開上衣胸前的鈕釦，將我的唇緩緩地靠近他的唇。健太朗趕緊將臉別開。

被拒絕了。浪漫愛情劇演不下去了。不過，我不會輕易放棄的。

「我是因為害怕，才會像失心瘋一樣。你剛才看到的，不是真正的我。健太朗，你也這麼認為吧？」

「我、我瞭解。」

健太朗回答時，語氣中帶著遲疑，可是眼睛卻不敢正視我。他在說謊。

我開始回想，剛才拉扯美鈴的頭髮，揪著她轉圈的情境。

『【國王遊戲】所創造的環境，是為了喚醒那沉睡在人們心中的本性嗎？』

『過去，我們都只是用偽善的表情來裝飾自己而已嗎？』

美鈴不也是表面裝作很擔心健太朗，事實上看到健太朗苦惱不已時，心裡只會嘲笑他嗎？

我在健太朗的面前流淚，可是我的內心並沒有在哭。那是「虛偽的眼淚」。

我跟他說，我好害怕——不，事實上我一點也不害怕。我現在正在努力地美化自己。

『語言真是一點存在意義也沒有。嘴巴上說說，誰不會呢？捏造謊言來欺騙別人，這種事誰都會。只要懂得運用美麗的辭藻，就可以編出頭頭是道的長篇大論。』

「不、不要離開我。」

「我不是要拒絕妳的吻——而是現在這個場合不對。」

「健太朗，你是我的全部，我真的好愛妳，所以我希望你也能愛我，這是我唯一的心願。」

這句話倒是真的。

「對不起——我們還是換個地方吧。」健太朗這麼說，然後轉身背對著我。

這句「對不起」，是為了什麼事而說的呢？

因為拒絕我的吻嗎？

還是因為害怕我？

或者，不想接受我的感情，所以才說「對不起」？

腦子裡盡是浮現出負面的想法。我覺得自己好像開始扭曲變形了。

去吃奶奶服用的鎮定劑，是不是會好一點呢？

我記得藥名好像是『Depas』。每次奶奶情緒不穩時，都是吃那種藥。

我也想吃。有多少就吃多少。因為不這樣的話，我就覺得自己好像快要失控了。

健太朗看著遠方，無力地拖著腳步往前走。

我從後面追了上去，跟在他身後，保持大約1公尺的距離。

健太朗的手揮了揮，要我跟上。我想跟他肩並肩，牽著手一起走，而不是在後面跟著走而已。

在一起走的過程中，健太朗把我昏厥的那段時間發生的事情，簡單地說給我聽了。

亞矢子在殺了壽史之後，不發一語地離開了校園，之後就沒有她的消息了。

還有——舞之後又傳了兩名男同學的屍體照片給大家。在茂密的森林之中，有兩具屍體上半身赤裸，下半身褲子脫到膝蓋處。臉部則無法辨識究竟是誰——

更恐怖的還在後面。那兩名男同學的性器官都被切下來了——

殺人虐屍嗎？

這代表什麼意思？

被切下來的東西，還有利用價值嗎？

難道還能活用，作為別的用途？

赤裸上半身，褲子脫到一半，表示那兩個人應該是起了色心吧？說不定當時有人正在色誘他們？

好比說，有人對他們說「在死去之前，希望能做一次愛」這類的甜言蜜語。舞的目的，就是要讓對方疏於防範，然後趁機下手。

那兩個人都是死於自己的色慾。

他們就那麼想要做愛嗎？

都死到臨頭了，還想和女人做愛，簡直是愚不可及。也難怪會付出那麼高的代價，連命都賠上去了。

因為看到女性的裸體而興奮，才要開始享受美妙的時刻，結果卻一下子從天堂墜入了地獄——

健太朗低著頭，繼續說道：

「他們兩個人的手上，都抓著一撮長頭髮，生前應該有和舞起爭執吧？——對了，不知道是誰，把我們班上發生【國王遊戲】的事情，貼到網路上去了。」

「因為細節交代得很清楚，所以應該是班上某個同學貼的。」健太朗這麼推測。那個網站的管理員暱稱就叫做「時雨舞」。

我側著頭，像是在思索什麼似地喃喃自語：「時雨舞……時雨舞……」

網站管理員有留下一個公開的電子郵件信箱，健太朗寄了一封信過去，可是一直沒有人回覆。

健太朗還找到同一個管理員所架設的另一個網站。

網站的名字叫『人肉模型』，副標題寫著「父親選擇修復人類的道路，我選擇破壞人類的道路。」

會用「修復」、「破壞」這種字眼，就表示管理員經營這個網站，並沒有把人當成「人」來看待，而是當成了「物品」。副標題中提到的「父親選擇修復人類的道路」，是什麼意思呢？

健太朗在瀏覽這個網站的時候，中途感到反胃，吐了起來，所以就沒繼續看下去了。

網站的「特設專區」裡面，貼了許多刑求專用的刑具照片。

有插滿鐵釘的椅子、固定手腳用的鐵製枷鎖、內側裝有刺針的項圈，以及名為鐵處女的刑求器具和裝在玻璃罐裡的嬰兒。

那些都是專門用來刑求、殺人而設計的道具。而且，是人類思考發明出來的道具。

健太朗定住不動，抱著頭大聲吶喊：

「想出這些道具的傢伙，還有架設這種網站的傢伙，都不是人！我無法想像他們跟我們一樣是人類！還特別註明，那個專區是該網站的『精華』！實在是太噁心了！──我就是看到那裡的時候吐的！」

健太朗緊閉嘴唇，闔上眼睛坐在地上，之後就沒再說一句話了。我則是專心地思考，想像力開始膨脹。

切掉性器官的意義、利用價值，還有活用的方法──真的有嗎？

我忍不住打了一個寒顫，全身的汗毛都豎了起來。

就在此時──嘟嚕嚕嘟嚕嚕。

這是第13則通知簡訊，告訴我們那些沒有服從命令的同學要受到懲罰了。

緊接著是第14則簡訊。

【6／19星期四00：00　寄件者：國王　主旨：國王遊戲　本文：這是你們全班同學一起進行的國王遊戲。國王的命令絕對要在24小時內達成。※不允許中途棄權。＊命令10：全班同學都要交出同學的兩顆眼球。　END】

【死亡15人、剩餘7人】

紫悶高中【命令10】——2009年6月

【6月19日（星期四）午夜0點0分】

看到簡訊的瞬間，我下意識地用手心摀住自己的雙眼。那種感覺，就像是有一支冰錐，突然飛到距離眼睛只有1公分的前方般令人驚恐。

彷彿自己的眼球，也會像冰塊一樣，被冰錐刺碎。人的眼球比冰塊柔軟許多，應該很容易就會被刺碎吧。

——命令是【交出兩顆眼球】，所以不是刺碎，而是要整顆挖出來才行。

——沒錯！

我垂著頭，暗自竊笑。想必，臉上的表情一定極為醜陋扭曲吧。

——就算是屍體也沒關係，只要有眼球就行了。剛才被殺死的美鈴的眼球，我要定了。這麼一來，美鈴在【命令9】和【命令10】都幫了我大忙呢，真是太感謝她了。啊，我的心是何等的邪惡啊！

健太朗直到現在都還沒看這次的命令簡訊。我跟他說話的時候，他也是楞楞地望著天空，心情沮喪到好像連看簡訊的力氣都沒有。

他的嘴裡不斷重複地說著「自己的生存之道，由自己決定」、「我渴望陽光」等等，盡是一些語焉不詳的句子。

這也難怪。

我現在就要去把美鈴接受光線的器官挖出來囉。啊、美鈴已經變成屍體了，所以就算眼球被挖出來，應該也不會怎麼樣吧。

我是死神。我要奪去一切。為了活下去，必須有人犧牲。

我把癱坐在地上，一副失魂落魄、嘴裡喃喃自語的健太朗拉起來，然後急著往美鈴那裡奔去。

大概過了30分鐘吧？我們終於抵達了美鈴被我殺害的地點，也就是美鈴慘死的那根電線桿所在的位置。我看了一下手機，時間是0點32分。

可是，環視了四周一圈，就是沒看到美鈴的屍體。

「這是怎麼回事？——屍體呢？」

定睛一看，發現地面上有一道被拖行的痕跡。因為一直這樣拉著健太朗太礙事了，所以我讓他留在現場，懷著忐忑不安的警戒心情，獨自沿著拖行的痕跡找人。

拖行的痕跡大概有50公尺，最後消失在一處化糞池的前方。

那是用來堆積屎尿，等腐化之後拿來製造肥料的糞坑。化糞池表面的屎尿，被染成了紅色。美鈴大概被扔進化糞池裡了吧。

「誰？是誰這麼狠毒！難道想把人變成肥料嗎！」

「誰知道呢？」

背後傳來令人毛骨悚然的聲音。那是不會讓人想再聽到的聲音。我朝聲音的方向望去——舞就站在黑暗之中，臉上邪惡地冷笑著。

真希望她快點去死。可是，惡人總是會留到最後吧。電影和小說不都是這樣演的嗎？

突然間，我想起了健太朗說的話。

『那個網站的管理員暱稱就叫做「時雨舞」。』

「喂、妳是不是什麼網站的管理員？」

「沒錯，我用的就是〝時雨舞〞這個暱稱，而且我還有幫美鈴的遺體拍照喔。我早就想拍這種照片了。這個舞台，讓我享受到許多平常體驗不到的樂趣呢。

有好幾百名網友也都很期待，等著我把拍到的照片貼到網站上。人啊，就是這麼有趣，一開始覺得很恐怖，所以別開了視線，可是最後還是輸給了好奇心。因為大家內心還是很想知道那個被殺的人是誰？被殺的人有什麼過去？就連那些到我網站破口大罵、要我把照片撤下來的人，最後也都沉迷在其中了。」

我努力壓抑著不斷沸騰的怒火，盡量用平靜的語氣來回答。

因為我必須從舞的嘴裡，問出線索才行。要是現在跟她撕破臉，就什麼情報也得不到了。等我問出答案之後，再來收拾她也不遲。

「這種網站會被ＩＳＰ關閉的。」

舞聽了我的話，變得更激動了。她的臉因為充血而變得赤紅，雙唇微微地顫抖。我從來沒看過這樣子的舞。

「沒有人能夠限制或關閉，這就是現狀。因為那裡是不管寫了什麼文章、貼了什麼照片，都沒有人管的不法地帶。人的性格真的是天差地遠呢，沒想到，網路的世界，倒是成了觀察人性的好地方。」

舞說話的時候並沒有看著我，而是凝視著遠方，彷彿掉進遙遠的世界裡。

「那些憤怒和憎恨無處宣洩、滿腔鬱悶的人們，還有對這個世界感到不滿的人們——這些平常不敢當面把話說出口的人，一旦進入網路的世界，就變得什麼話都敢說。無關年齡、性別、名譽、地位、貧富，在這裡可以自由、毫無顧忌地與同好進行交流，人性和醜陋的一面全都會赤裸地呈現出來，這就是網路的世界。所以說，網路世界真的很奇妙，那是一個可以洞悉人類本性的世界，一個沒有虛偽、矯情的真實世界。

【國王遊戲】和網路世界是一樣的。不，也許更高級。【國王遊戲】所創造的環境，讓同學們的本性完全暴露無遺。過去以為，只能在電玩遊戲裡面殺人、或是做出殘酷的行為，如今，在真實的世界裡，也可以如法泡製。到我網站瀏覽的人，有很多人都寫信給我，說他們『想要參加【國王遊戲】』呢。」

舞真的很不正常。她一定是瘋了。我努力地壓抑住想要對她咆哮、甚至痛毆她一頓的衝動。因為，我還想從她口中問出更多的線索。

「妳說得有道理。——對了，舞，妳父親是做什麼的？可以告訴我嗎？」

「他是醫生。上次我用來抽血的針筒，就是從我爸的醫院裡面偷出來的。我想起來了，奈津子，妳不是去過我家嗎？妳這個窮人，看到我家的豪宅，有什麼感想啊？」

「窮又怎麼樣？至少我擁有金錢買不到的東西。對了，舞，妳是不是用身體引誘了兩名男同學，然後把他們殺害啦？」

「是啊，他們兩個很興奮呢。平常都不整理的頭髮，還特地梳得整整齊齊的，看起來就像七五三節的小鬼頭。更誇張的是，他們還在鼠蹊部噴了香水呢。真是笑死人了。」

「被殺的那兩個人還真是沒眼光，妳這種女孩哪一點吸引人了？既然妳爸是醫生，乾脆叫他幫妳檢查一下腦袋算了。還有，妳幫我向妳爸要幾顆鎮定劑好嗎？」

「好啊，我順便拜託我爸，請他幫妳寫一封介紹信，讓妳去看精神科醫生。」

「不用啦，舞，妳就是我的鎮定劑，我想，只要殺了妳，我的情緒就會穩定下來了。對我來說，看到妳從這個世界上消失，就是我最棒的鎮定劑了！」

話一說完，我便像一頭張開大嘴的野獸，一面發出咆哮聲，一面朝舞撲去。舞的嘴角帶著不悅的冷笑，似乎並不感到害怕。

「妳不在乎健太朗的眼睛變成什麼樣子嗎？」

這一瞬間，我停了下來，回頭看著安置健太朗的方向。

健太朗坐著的地方，距離這裡大概有50公尺，雖然中間沒有被物體擋住，可是因為光線太暗的緣故，所以看不清楚健太朗的模樣。

「我收買了一個男同學。一開始，我本來想殺了他，後來知道我們有同樣的想法，所以就暫時饒了他一命。真沒想到，他還是個資優生呢。不過現在的他，只是我腳下的一條忠狗。」

誰知道舞說的是真的還是假的？不過，如果是真的，那健太朗現在的情況恐怕非常危險。要是我在這時候大喊「健太朗，快逃」，那個男的聽到聲音，一定會先出手攻擊健太朗。健太朗還沮喪地癱坐著，應該不會反抗吧？這時候的他，根本不會想到要保護自己。

我懊悔地顫抖著，曲著背低頭看著地面，喃喃自語道：

「對不起，請原諒我。」

「呵呵，算妳聰明。只不過，有自己一心想要保護的人，可真辛苦呢。」

我狠狠地瞪著舞。當然，為了不被她發覺，我還是低著頭。

「請妳不要傷害健太朗。」

「不要傷害健太朗？那麼，傷害其他人就沒關係嗎？」

「——是的。」

「妳還真誠實呢。現在班上還活著的人只剩7個了，反正機會難得，我們就盡情地享受【國王遊戲】吧。也許剩下的時間已經不多了。」

舞的口氣聽起來頗為愉快。說完，便從我面前走開了。

我哭了。不甘心的淚水，無法遏止地奪眶而出。被那樣的女人玩弄於股掌之間，實在是讓人不甘心。

沒有眼睛，就不會流眼淚。既然這樣，那就不要眼睛吧。把所有的情感全部捨棄，徹底地摧毀吧。這樣的話，就不會感到不知所措，也不會感到悲傷了。

——對，就這樣死掉算了。死了，就可以從痛苦中解脫了。

我回到健太朗的身邊。健太朗還是和剛才一樣，靠著牆壁，失神似地癱坐著。我仔細一看，發現他好像睡著了。

我放鬆地嘆了口氣。

——這個時候還有心情睡覺呢。仔細想想，健太朗背著我跑了20個小時以上，將近2天的時間，都沒有好好睡覺。

我的眼睛濕了。淚水模糊了視線，我用雙手捧著健太朗的臉，親吻他的唇。

「我好希望自己出生在好一點的人家。——健太朗，你一定很辛苦吧？精神和肉體都很疲累吧？死了，就可以一了百了。不如就在這裡死吧。」

熟睡中的健太朗，頭突然往前垂下，好像在回應我的問題。

「不，還是一起活下去吧。」

我搖了搖頭。剛才明明是自己說「要死」的，結果卻被自己否定了。

我吸了吸自己的鼻水。

——就來賭賭看吧。對不起，用這麼沒有創意的方法。

我在健太朗身邊坐了下來，讓他的頭靠在我的大腿上。

「這是大腿枕頭喔，健太朗。我也好累，想睡了。如果我們還能醒來的話，就繼續活下去吧。我愛你。」

就把我們的命運，託付給星星吧。

——我緩緩地睜開了眼睛。

眼前的視線雖然有點模糊不清，不過還是可以勉強看到健太朗的身影。這就表示，我的眼睛並沒有被挖走。

「我又可以和健太朗一起活下去了，對吧？」

我的手不經意地觸碰到健太朗的鼻頭，這時，我突然發現自己的手沾了血。

「喂，健太朗。」

我把睡在我大腿上、後腦杓對著我的健太朗挪了一下，好讓他的臉對著我。健太朗的臉上少了兩顆眼睛，因為已經被挖走了。

我大聲尖叫地跳了起來，然後跑開。就這樣丟下健太朗不管。

和著血水的眼淚，從健太朗被挖空的眼窩中流出。那裡已經變成什麼都沒有的孔洞了。我感覺到自己的左手掌心，好像握著什麼東西，一種暖暖黏黏的球體。

我打開左手掌心，看到的是兩顆眼球。

瞳孔緩緩地蠕動，好像在瞪我。那是一種難以形容的恐懼。瞳孔裡反映出我的臉。看起來是那麼醜陋而又怪異。

那對瞳孔像是在對我控訴：「妳居然對我見死不救。」

在恐懼的心理作用下，我不自覺地把眼球捏爛了，手心發出令人作嘔的噗滋聲。那對眼球應該是健太朗的吧。

在捏爛的同時，手心感受到一股「爆漿」的感覺，就像是徒手把生雞蛋捏碎那樣。

破掉的蛋殼刺痛手心，黏糊糊的蛋白和蛋黃汁液，從指縫間流出。蛋黃的兩端還沾著扭曲糾結的細絲，應該是連接眼球和身體的視神經吧。

——以後我恐怕再也不敢吃雞蛋了。這個愚蠢的念頭突然間閃過腦海。

這個時候，不知道從哪裡冒出來一個小女孩，手裡拿著一顆繡球，遞到我面前，要我收下。

「姐姐，我可不可用這顆繡球，交換妳手上拿的那個東西。我好喜歡那個喔。」

我僵硬地搖頭拒絕。

就在我別開眼睛的瞬間，那個小女孩變成了一個手拄著枴杖的老太婆。她拍拍我的肩膀說道：

「我跟妳勢不兩立。」

我頓時睜大了眼睛。因為那個老太婆的眼神很像舞。不可思議的是，連神情舉止也頗為相似。

那是年老之後的舞。那麼，剛才那個小女孩，是孩童時期的舞囉？

老太婆那句莫名其妙的話，讓我感到非常困惑。接著，她又對我說道：

「這樣很好。因為，我也不知道該不該殺了你們。我們是不可能一起活下來的，只有我能夠活下去，所以，妳先殺了健太朗，然後我再殺了妳。」

「不要——！妳在胡說什麼！」

我舉起雙手摀住臉，忍不住放聲喊叫。

然後挺直腰桿，迅速站起身來。剛才那個老太婆不見了，就像鬼魂一樣，消失得無影無蹤。

我看著自己的手心，上面並沒有沾血，腳邊還傳來健太朗睡覺的鼾聲，剛才被捏爛的眼球也不知去向。

原來是作了一場惡夢。我放心地嘆了一口氣，可是很快又被不安的心情所籠罩。

「啊……現在不是睡覺作夢的時候——我需要眼睛。」

健太朗好像也在作惡夢的樣子。

「對不起……都怪我太沒用了……」

他閉著眼睛，喃喃地囈語道。

「別這麼說。」

我搖了搖健太朗的身體。他揉揉眼睛，撐起身體坐了起來。

「我作了一個夢。」

「夢到了什麼？」我問道。可是健太朗並沒有告訴我。

健太朗應該也是作了可怕的惡夢吧。我真希望他作的是幸福快樂的美夢。

大概是補了眠，精神似乎變好了，健太朗的情緒看起來也穩定了許多。我跟健太朗說明了這次命令的內容。他聽了之後，沉默不語。

四周的空氣頓時變得好安靜。幾秒之後，我和健太朗兩人同時開口說道：

「我早就對奈津子——」

「我早就對健太朗——」

然後，又同時跟對方說「你先說」。氣氛一下子變得好尷尬。結果，誰也沒繼續說。過了半晌，我才紅著臉頰說：

「等結束的時候，再告訴你吧。」

健太朗露出開朗的微笑，當作回答。上一次看到健太朗這種發自內心的微笑，是什麼時候的事呢？感覺好像是很久、很久以前的事了。

我把健太朗的笑容，解釋成「我們一起執行命令，生存下去吧」的意思。

我永遠也不會忘記，在這場恐怖殺戮遊戲中的這個短暫片刻。

畢竟死神也是會談戀愛的。戀愛和戰爭，同樣都需要不擇手段。

我抱著健太朗的手臂，把臉頰靠在上面，輕輕地磨蹭著。

【6月19日（星期四）清晨5點46分】

喘息的時間，只有極為短暫的片刻而已。現實還在等著我們，必須挖出班上同學的眼球才行。

也就是說，如果不是從從屍體上面挖，就得從一個有感情、有血肉的活體上挖，只能兩者選其一了。

〝只要從屍體上挖出來就好，〞我擅自這麼決定。

旭日從地平線冉冉升起，我的臉和身體被陽光染成了朱紅色。

東方的天空紅得像是火在燒一樣。大氣層和地層被暈染上同一個顏色。如果能和自己心愛的人，一起迎接這樣的早晨，該是多麼幸福的一件事。

我看著自己的身體。

骯髒的衣服、骯髒的手、骯髒的心。好想痛快地沖個澡，把一身的汙穢沖洗乾淨。

〝腐臭的東西會引來蒼蠅。〞

也許這句話非常適合用來形容現在的我吧。物以類聚，壞人總是喜歡和壞人聚在一起。

我們決定從校園開始著手。

因為，我認為從學校頂樓墜樓的康太和千夏、還有剛志和太一的遺體，可能都還遺留在現場。

尋找朋友的屍體這件事，真是讓人情何以堪，更何況，還要把他們的眼球挖出來。當我的腦海裡還在思考這些事情的時候，已經走到學校了。

校門口站著一名警察。外表看起來弱不禁風，活像個靠不住的大叔。那是學校附近的派出所巡邏員警。

「那傢伙不可靠，腦筋頑固得很。我就是從他手中逃出來的。」健太朗這麼說道。

我的視線移往學校圍牆的方向。

圍牆前面停了一輛車子，看起來像是電視台的轉播車，一旁還站著手持麥克風的年輕女性，和肩上扛著攝影機的人員。

「媒體？那是電視台！看樣子應該是地方電視台吧。他們是不是發現什麼異狀，所以跑來採訪？健太朗，你要不要去跟他們說說看？」

「好，我去。奈津子，妳先在這裡等我。」

我點點頭。

健太朗朝那個站在轉播車旁，應該是記者的女性跑過去，跟她說了一些話。一開始，那名女記者臉上露出吃驚的表情，接著很快地拿出筆記本，開始勤快地抄寫。

健太朗還拿出手機給記者看。連站在遠處觀看的我，都不禁跟著緊張起來。

大約過了5分鐘之後，健太朗跑回來了。

「我跟她交換了手機號碼。我還拜託他們幫忙調查【國王遊戲】。因為這件事實在離奇得令人難以置信，她一下子無法全盤接受。不過看她聽得很認真，我想應該會幫我們吧。」

「那麼，接下來你打算怎麼做？」

「我們一起上電視吧，然後把【國王遊戲】的事情公諸於世。我總覺得，【國王遊戲】不會就這樣輕易結束的。」

「怎麼說？」

「我接下來要說的，只是我個人的想像。——現在，我們班上正在進行的【國王遊戲】，我懷疑這很可能是全國性【國王遊戲】的開端而已。沒錯，就像是大悲劇的首部曲。基於某個原因，這個遊戲到目前為止，只有在我們班上進行而已。可是，說不定這個遊戲真正的目的，是要席捲整個日本……我有這樣的不祥預感。」

「在進行真正的計畫之前，要先預演的意思嗎？健太朗，你是不是想太多了。」

「希望真的是我想太多了。不過，如果我的預想成真，到時候日本的麻煩就大了。」

以大規模的物體來比喻，要摧毀一棟大樓之前，必須先做好縝密的準備。首先得破壞建築物的結構，再進行全體的破壞。

——等待時機成熟。

——進行遠大的計畫之前，要先從小型實驗著手。

——我們班上所發生的慘劇，說不定是在暗示什麼？在這個遊戲的尾聲等待我們的，會是什麼呢？

健太朗向那位女記者提出一個建議，他答應上電視公開一切，交換條件就是「利用媒體的力量，盡全力調查【國王遊戲】」。

這樣的事件有先例嗎？有辦法可以解脫嗎？由媒體去調查這些線索，然後利用查到的資料，幫助我們解脫？

接著健太朗開口說道：

「我們趕快去執行命令吧。」

健太朗拉著我的手跑開，感覺好像急著要把我帶離學校一樣。

他看起來似乎非常著急──不，應該說，他像是被什麼東西吸引住似的，神情鎮定地跑著。吸引健太朗的力量，是班上的同學吧。現在班上的同學為了搶奪眼球，正在四處搜尋，彼此互相牽引。是命運的紅線嗎？不對、應該說是「黑線」吧。

我和健太朗在稻田和稻田之間的狹窄田埂上跑著。跑了一段距離後，來到一間破落的農舍，外表跟鬼屋沒什麼兩樣。農舍後面有一個小煙囪，想必屋內應該有爐灶吧。

健太朗推開農舍的門，發出像是陳舊故障的軋軋聲。雖然有點阻力，不過總算是打開了。

「這裡有什麼東西嗎？」

我一邊嘀咕著，一邊巡視屋內的環境。瞬間，我發出一種瀕死前的「淒厲」慘叫。健太朗趕緊跑到我前面，用身體擋住我的視線，然後緊緊地將我抱在懷裡。

「奈津子，妳先到外面去吧。」

「……好、好。」

全身一絲不掛的慎二，死狀悽慘地倒臥在農舍凹凸不平的地板上。胸前插著一把刀，性器官也被切掉，棄置在一旁……

清晨的陽光從窗戶外面照射進來，剛好落在慎二的屍體上，這讓屍體看起來更令人印象深刻。他就是被舞殺死的其中一名男同學吧。

這一刻，我知道我們該怎麼做了。

「可以進來了。」

農舍裡面傳來健太朗的聲音。我從屋外往內窺視。慎二的屍體已經被攤開的報紙覆蓋住，只剩下臉的部分暴露在外面。

那個樣子，就像是要被推進手術室開刀前的患者一樣。那些要動手術的患者，除了要開刀的部分之外，身體其餘的部位都是用白布覆蓋著。

健太朗把先前插在慎二胸口的刀子拿給我。這個動作的意思，大概是要我用這個給慎二動手術吧。不過，所謂的手術，其實就是拿刀子，把慎二的眼球挖出來罷了。

「奈津子，妳先執行命令吧——」

我突然感覺到喉嚨又乾又澀，嘴巴裡面黏稠得讓人想吐。

從健太朗手中接下刀子之後，我把刀尖對著慎二的眼球。早晨的陽光依然停留在慎二身上，光線的照射方式，真的很像手術燈。

我屏住呼吸，在慎二的臉旁邊跪下來，雙手顫抖個不停。或許是心裡太害怕的緣故吧。

昨天晚上，我夢到的那個手裡捧著繡球的小女孩，這時又出現在眼前。小女孩雙手抱膝，坐在我身邊，臉上帶著天真無邪的微笑。

「姐姐，我可不可用這顆繡球，交換妳手上拿的東西。我好喜歡那個喔，我想拿來玩。」

「——幻覺快消失吧！惡夢快醒來啊！」

「我爸是很有錢的醫生喔。可是，他好小氣，都不肯買給我。他總是說『不可以買那個』。所以，我就跟他說『生日的時候，我想要那個』。如果不是那個的話，那我要泡在福馬林溶液裡的嬰兒。怎麼樣？很不錯吧！

還有——我都沒有朋友耶。姐姐，妳當我的朋友好不好？妳陪我玩，我們一起玩遊戲，好不好？」

小女孩用沒有指甲的手抓著我的大腿。一眨眼，她臉上的笑容突然消失了。只見她張開沒有舌頭的嘴巴，高聲地笑著，眼睛還流出紅色的眼淚。

「姐姐，我會一輩子纏著妳！所以我們當好朋友，一起玩吧。」

「不要妨礙我！立刻從我眼前消失！」

我大聲地叱喝道。

握著小刀的手因而更加用力，直接刺進慎二的左眼。一種黏稠的感覺傳到了手心。很快的，小刀觸碰到了硬處，無法更深入了。大概是碰到頭骨了吧。我轉動小刀，打算把眼球挖出來。

咕啾咕啾、咕哩、咕啾、咕哩。

這聲音聽起來就像在咀嚼口香糖一樣，其中還夾雜著利刃刨削石塊的「喀哩喀哩」聲。兩種聲音混雜在一起，所搭配出來的旋律，令人感到反胃想吐。

我突然想起不久前，在電視上面看到的手術畫面。那是一個剖腹的手術，肺、胃、肝臟、心臟、腸子都血淋淋地呈現在大家眼前。

我記得當時看到這一幕畫面的時候，心裡還非常敬佩那些當醫生的人呢。

可是，我現在的行為，不就跟那個醫生一樣嗎？誰都無法預料，這世界上何時會發生什麼樣的事情。只不過，那個醫生是在治療人體，而我卻是在「摧毀」人體。

只是單純的「愚行」罷了。

除了生雞蛋之外，看來以後連肉都不敢吃了——都這個時候了，我居然還在想這些。

仔細想想，人類還真是可怕的生物。除了同物種之外，幾乎什麼都吃。不過，昆蟲更可怕吧？產卵之後，為了攝取足夠的營養，雌蟲還會把雄蟲吞進肚子裡，這才是真的叫同類相殘呢。不過牠們這麼做，都是為了活下去。

小時候，常常聽奶奶這麼說——

『不可以傷害別人。』

——可是，為什麼不可以呢？

『不可以給別人添麻煩。』

——可是，為什麼不行呢？

在發生這次的事件之前，我一直覺得奶奶說的那些話很有道理。可是，現我卻開始懷疑了。

——為什麼呢……？

慎二的眼球還是無法順利挖出來。

「我一定要活下去——！快把眼球給我吧！」

我的手勁更大了，就像用攪拌器攪動堆積了好幾層的雞尾酒一樣，我握住刀子，在眼窩裡咕啾咕啾地攪動著。

費了好大的勁，總算把眼球挖出來了。

混著血和白色黏稠物的褐色液體，從眼球表面滴下來。一道特製的雞尾酒終於完成了。這麼特別的酒，相較於世上其他的高級酒品，更叫人沉醉不已啊！

我好像無法正常地思考了，連行動也變得遲緩。我想，我一定是瘋了吧。

只剩下冰而已——

眼球噗咚一聲，掉落到地上。我的臉上露出了詭異的笑容。

我繼續用同樣的方法，把右邊的眼球也挖出來，然後拿報紙蓋住慎二被挖去雙眼的那張臉，就像在死人的臉上蓋上白布一樣。

「結束了。」

此刻，我的心情已經感覺不到任何的喜怒哀樂。胸口那個地方，就像是被掏空了一般。我想，我的臉上一定看不出任何表情吧。

如果從死人的身上取出眼球，都需要這麼費力的話，那麼要從活人身上把眼球挖出來，豈不是更棘手——

此時，手機的鈴聲，打斷了我的思考。

【收到簡訊：1則】

【6／19星期四07：21　寄件者：國王　主旨：國王遊戲　本文：確認服從　END】

在看完簡訊的瞬間，我第一次對自己所做的事情，感到作嘔。

【6月19日（星期四）上午7點21分】

想吐的感覺衝了上來，我摀著嘴，奔出農舍，立刻吐了出來。

吐出來的穢物中，還有黃色黏膜般的液體。

是胃酸。酸澀的液體充滿了整個口腔。連續幾天都沒有好好地吃頓飯，才會這樣吧？

我流下了眼淚。不是因為悲傷和痛苦，而是嘔吐引起的。

然後，我用衣服擦拭嘴巴。健太朗也體貼地幫我按摩背部。

「謝謝你。我已經沒事了。」

舞用身體誘惑班上的兩名男同學，將他們殺害。如果真的是這樣，那麼應該還有另一具屍體才對。

【收到簡訊：1則】

【6／19星期四07：24　寄件者：國王　主旨：國王遊戲　本文：確認服從　END】

有人從班上同學身上挖出眼球，完成了國王遊戲的命令。我急著想知道最新情報，可是，此時的我完全無法掌握當前的情況。

就在此時，我的手機鈴聲響了。

是亞矢子打來的。壽史在紫悶高中的校園裡殺了太一，亞矢子替太一報仇之後，就不知去向了。

『奈津子，妳現在還好嗎？』

「——妳的聲音聽起來好像沒什麼力氣呢。怎麼了？妳現在人在哪？」

『我在學校的圖書館。到了現在還能保持旺盛精力的，就只有舞了吧。』

「圖書館？妳是怎麼進去的？警察不是守在校門口嗎？」

『我從後門偷溜進來的。我剛剛看完一本懸疑小說，接下來要開始看一本叫『野蠻遊戲』的小說。好有趣喔。我一直希望能夠在自己喜歡的書堆裡，迎接人生最後的一刻呢。』

「妳不後悔嗎？」

『不會。剩下的時間，我打算全部用來看小說。不過，我還欠妳一個人情，所以，如果妳需要幫忙就說一聲，我會幫妳的。對了，妳要提防那個「資優生」喔。妳知道我說的是誰吧？好了，拜拜。』

「等一下，亞矢——」

通話突然中斷了。

不過，從剛才的談話中，我得到了一個情報。

比起鎮定劑，情報和酒更具有穩定心情的效果。喝酒會讓人發狂，那是鎮定劑遠遠比不上的。人一旦發了狂，精神也會變得安穩，因為那時候的他們，從不會感到徬徨無助。

而情報，能讓人得到更多的「安心感」。——知道亞矢子的下落和情況後，我的情緒真的緩和了許多。

亞矢子，如果我有什麼萬一，剩下的就麻煩妳了。求求妳，千萬不能被殺死喔。

健太朗刻意和我保持一段距離。

咦？我的臉有那麼可怕嗎？

我是不是又得要裝出嬌嗔的聲音，然後像是演出肥皂劇般地裝模作樣呢？

難道，我還必須繼續扮演那個可愛，而且會撒嬌的「奈津子」嗎？

——扮演可愛的奈津子……扮演？既然是扮演——那真正的我在哪裡？

真是越來越不瞭解自己了。我是不是醉了呢？

我盯著健太朗的眼睛。他的眼睛看起來像兔子的眼睛，紅通通的。

「另一具屍體呢？舞殺死的另一個男同學在哪裡？」

「不知道。是舞跟我說這間農舍裡面有一具屍體的。她說那是『禮物』。」

「嗄？是那傢伙？」

我始終無法理解，舞的心裡究竟在想什麼。這種給敵人雪中送炭的行為，背地裡到底有什麼用意？

我打手機給舞。健太朗也打手機給「資優生」。可是兩人都沒有接聽。接著，我的手機響了。是舞回撥的。

「妳為什麼要告訴健太朗農舍的事？妳現在人在哪裡？」

對方沒有回答。不過，電話那頭傳出女性呻吟的聲音。

『嗯……啊、唔……』

難道，她正在和「資優生」做那件事？

那是口交的時候，發出的聲音嗎？

他們兩人正在做愛？

「妳的腦袋在想什麼啊！」

『……啊啊……人生就是要……及時行樂啊……奈津子，妳不做嗎？很舒服呢，心情會變好喔。啊……我不行了，嗯嗯嗯……！』

快要到達高潮了嗎？

我闔上了手機。

那個女人肯定是瘋了！腦筋故障了！「妳的腦袋是不是有問題啊？」真想這麼問她。

健太朗一直盯著我的臉瞧，問道：

「奈津子，妳沒事吧？」

「也許，我是在羨慕吧。」

「什麼？」

我把手伸進健太朗上衣裡面，撫摸著他光滑的胸膛。用我那沾滿鮮血、汙泥，還有慎二體液的手——永遠也無法洗去汙穢的髒手。

女人的心裡，都豢養著一頭名為「嫉妒」的魔獸。

我不想輸給舞。就算真的輸了，我也不會乖乖認栽的。我就是不想輸給她。

舞做愛的對象，是那個噁心的「資優生」，我的對象是健太朗。他們兩個有著天壤之別，所以，我獲得了壓倒性的勝利。

而且，舞和對方沒有愛，只有虛情假意。但是我和健太朗之間存在著愛。

舞，妳知道這其中的差別嗎？

「我想求你一件事，健太朗。」

「是不是不舒服？要休息嗎？」

我的確感到身體不舒服。可是，我不希望在這個時候去想這些。我都把手伸進他的上衣裡，做出那些挑逗的動作了，為什麼他還不瞭解我的意圖呢？

我這麼大膽地對健太朗示愛，他卻無動無衷？是不是要我全身脫光光呢？

或者，乾脆我把伸進上衣內的手，往下移到褲子裡面好了？

就某方面來說，用「休息」這個字眼其實也沒錯。我想躺下來，和健太朗一起休息，兩個人裸裎相見，彼此愛撫。

我要把我的第一次，獻給健太朗——

「快住手，奈津子！妳搞不清楚現在的狀況嗎！」

我抓起健太朗的手，搭在胸口上。另一隻手則是從他的上衣裡抽出來，轉而伸進他的褲子口袋裡。

我真是淫蕩無恥的女人。這一刻，我的身體好像不是屬於我的了。

「我想看健太朗的全部。我渴望你的身體。」

突然，「啪」的一聲，我的身體往一旁彈開。健太朗在我臉上甩了一記耳光。

「拜託妳，看清楚現在的狀況吧！」

「我看得很清楚！現在的我們隨時都可能會死！所以、所以……我才想把健太朗的一切，烙印在我的身體和心裡！我想要一輩子保留起來！」

「——奈津子，我不該打妳的，對不起。可是，既然想留作一輩子的紀念，就更不應該選在這個時候做，不是嗎？」

我沒有回答他。

雖然被健太朗拒絕的挫折感令人錯愕。可是輸給舞的那種不甘心，卻更折磨人。

這一刻，我才恍然大悟。原來我把健太朗當成道具了。用來打敗舞的道具、用來發洩性慾的道具。

以前，曾經聽班上的同學誇口說出這樣的豪語：

『——我曾經上過30個以上的女人喔。比我們班上的女生人數還多呢！』

他把那些曾經和他做過愛的女人，拿來當成自我炫耀的道具了。

我哭著道歉。

「對不起，健太朗並不是道具。」

健太朗笑了。他的笑容看起來，就像無數的花苞同時綻放般令人欣喜。

「對不起，我不該打妳的——雖然我不知道妳說的道具是什麼，不過只要妳想清楚就好了。——那件事，我答應妳就是了。」

我們繼續往前走。雖然沒有特定的目標，但就是想要盡快離開那個地方。

我和健太朗兩個人並肩走著。就在不久前，我們走路的時候，我還只能跟在他後面呢。

這樣，算不算是有所進展呢？

雖然很想握住他的手，可是我忍住了。因為自己主動拉他的手，實在太難為情了，我做不來。我決定改走「清純少女」路線，雖然，自己剛才的行為就像個蕩婦一樣。

保持距離很重要。欲擒故縱是致勝的關鍵。我跟健太朗並肩走在一起時，手會有意無意地碰觸他的手。雖然只是輕輕的碰觸，但是健太朗應該會感到心跳加速吧？

我退縮了嗎？不是的。

就像我們在傳簡訊的時候，不是都會耍一些小伎倆嗎？一收到簡訊，就馬上回覆對方，這樣太無趣了。就是要讓對方感到焦急，心想『為什麼還沒有回音呢』，這樣才好玩。儘管我很想馬上回覆，不過我還是忍下來了。

但是，也有必須立即回覆的情況。這時候，就得多多使用可愛的圖像文字。

——我居然也會像綁辮子的純真少女一樣，耍這些可愛的小心機。看來，我還是有可愛之處呢。

我邊想邊抬起頭，看著健太朗。此時健太朗正緊閉雙唇，表情嚴肅地凝視著什麼。

下一秒，我被拉回現實的世界。健太朗還沒有達成國王遊戲的命令呢。

亞矢子現在人在圖書館裡。她說過，要在自己喜歡的書堆裡，迎接人生最後的時刻。也就是說，她現在正悠閒地看著小說。亞矢子還說「要幫忙我」。——既然這她都這麼說了，就讓她好人做到底吧。
就讓健太朗殺了亞矢子，然後把她的眼球挖出來吧。亞矢子，妳不會死得毫無價值，為了別人犧牲自己，這可是無上的功德啊！
手機的鈴聲響了。是沒看過的電話號碼。我納悶地按下通話鍵，不過，我沒說話，因為我想等對方先開口。
「——」
結果，對方什麼話都沒說就掛斷了。明明是自己主動打過來的，卻不說一句話就掛掉，實在是很沒禮貌。
說真的，我很想馬上撥回去痛罵對方一頓，可是我忍住了。
總之，先把手機號碼存起來吧。我把對方的名字取為【不吉利一號】。雖然這個名字是我自己取的，但是，就連我都對自己取名字的品味感到好笑。
「喂，健太朗。」
我叫住了走在我前面的健太朗。
「我們去學校的圖書館吧。」
「為什麼？」
他會這麼問是理所當然的。但是，我無法老實對他說「亞矢子人在圖書館。你去挖她的眼球」。
總之，先去圖書館再說。到了那裡，自然就會知道該怎麼辦了。

「圖書館裡有寶物。」

拜託，這是哪門子的理由啊！既幼稚、又毫無說服力。

「可是，學校有警察。」

「我想去圖書館調查和【國王遊戲】有關的資料。我覺得，那裡或許可以找到過去類似事件的報紙或是書籍。」

對不起，健太朗，我只能臨時編出這樣的藉口了。

不過，健太朗相信了我說的話。他這種輕易相信別人的個性，還真是要不得呢。剛才我只是隨便找個藉口而已，圖書館裡根本不可能找得到和【國王遊戲】相關的報紙或書籍。儘管如此，我還是會假裝查詢資料，然後再告訴他「對不起，是我搞錯了」。

「好。我們就從後門偷偷溜進去吧。」

就這樣，我和健太朗又再度朝學校走去。

在距離學校還有半分鐘路程的時候，我的手機鈴聲響了。

其他同學一定也急著想知道，除了自己之外還有誰活著，以及他們目前的所在位置和狀況吧。

要是配備GPS衛星定位功能的手機夠普及的話，那麼，在玩【國王遊戲】的時候，大概就沒有人能夠安心地睡覺了吧。

因為，自己和誰在一起、躲在什麼地方，很快就會被其他同學知道了。光是想到這點，就覺得毛骨悚然。

我突然想起很久以前的新聞報導——「東京證券部分股票上市企業，曾經要求公司的全部職員，都必須攜帶配備GPS功能的手機」。據說，當時營業員聽到這個消息時，幾乎都哭了。理由很簡單，那就是「一旦位置被鎖定的話，以後就不能混水摸魚了」。因為這是採取完全監視的制度，所以根本沒有休息的時間。說不定連午餐吃了什麼，都被監視得一清二楚。

當然，這麼一來也就無法在外面偷腥了。

「你現在人在哪裡？」

「在家裡。」

「騙人。我現在馬上過去。我知道你人在哪裡，也知道你跟誰在一起。」

情況大概會變成這樣吧。

而且，也無法欺騙父母了。

「你沒有去補習班上課對吧？」

「因為學校比較晚下課。」

「給我說實話。」

我一面想著這些無關緊要的事情，一面盯著手機。這次的鈴聲，是那個被取名為【不吉利一號】的傢伙打來的。

把至今還活著的班上同學名單，和我的手機裡面尚未留有記錄的班上同學名字做個比對，就大概可以猜出電話是誰打來的了。

錯不了，一定是那傢伙打的。

【6月19日（星期四）上午8點11分】

我抱著什麼話都不說的決心，接起了手機。因為我認為，必須讓自己處於有利的狀況下才行。

一旦發現自己處於稍有不利的狀況，就馬上把電話掛掉。我想，對方應該也是這麼想吧，所以上次打來的時候，才會不吭一聲，就把電話掛斷。

等等。說不定，這次的來電，就是要偵測我的情況和位置的。

例如，從電話裡聽到流水、風和車輛的聲音，就可以判斷對方大概是在戶外。如果是電視的聲音，就是在屋子裡面。也就是說，對方可以透過電話傳出的聲音，判斷我現在的狀況。

糟了，我已經接起電話了。我趕緊用食指，堵住受話器的小孔，急急說道：

「健太朗，快大聲叫！叫什麼都好！讓對方知道，我們正處於危險的情況中！這是擾亂對方的作戰計畫！」

「嗄？搗亂作戰計畫？」

「快點！」

接著，我鬆開食指。這時，對方突然打破沉默，率先開口：

『剛才很對不起，突然把電話掛斷了。』

「這聲音聽起來……應該是〝資優生〞吧？和舞玩得盡不盡興啊？你打給我要做什麼？」

我用尖酸刻薄的話回答他。就像灌了一大瓶又嗆又辣的胡椒粉。

他之所以被稱為「資優生」，只是因為腦筋聰明、成績優異而已。另外，他在學校也擔任學級委員。「資優生」這個人是個理論派，從不理會別人的想法，只顧用自己的理論去思考和判斷。凡事都以公式計算，然後整理出一個法則，從不出錯。

我警戒地等待著。

然而下一秒，我卻吃驚地睜大了眼睛。

不知道健太朗心裡在想什麼，突然毫無預警地在我面前大聲唱歌。他唱的是一首名為『森林的小熊』的童謠，而且五音不全。通常，會把歌唱成這樣的人，叫做「音痴」。健太朗走音的程度實在很誇張。「你是故意的嗎？」我忍不住想這麼問他。

他會不會把「擾亂」和「搗亂」的意思搞錯了？還是他聽錯了？

怎麼會搞不清楚呢！笨蛋！我是要你去擾亂對手！

資優生說話了。

『發生什麼事了？是健、健太朗嗎？他是不是瘋了？我聽到了奇怪的聲音呢。』

「就、就是啊！」

健太朗的音痴計畫奏效了？我明顯地感覺到，電話那頭的資優生感到一陣困惑。

當然，我絕對不會在這個時候說：「健太朗，幹得好！」

我握著手機，用腳踢了一下健太朗的屁股，瞪著他瞧。看到健太朗用荒腔走板的歌喉，用力地唱著「啦啦啦啦啦」那段時，我不由得笑了起來。

——從剛才開始，我的內心就充滿了各種情緒。這些情緒不停地交替、淹沒。

反胃作嘔、恐懼、無助、徬徨、悲傷、思念、焦慮、固執，最後笑了。

每一分每一秒，情緒都隨著當時的情況，產生不同的變化。就像是時序紊亂的花朵，又像是湍急的河流，在我心裡不停地翻攪著。

健太朗脫序的歌聲，雖然令人感到不安，但是我的內心，其實是在微笑。

平常的話，我一定會糗他：「唱得好爛喔！音痴！」然後兩個人開始互相打罵、說笑。明明正處於必須繃緊神經的狀況下，但是不知道為什麼，心情卻異常地平靜。

我感覺到眼睛和臉頰好像沾了什麼東西。原來是哀傷的眼淚，沒想到遲了幾秒才發現。一時之間也很難解釋清楚，就好像是被施了魔法一樣。一種可以讓積壓在內心的哀傷，從眼睛裡流出來的魔法。

我會把這一刻的回憶，深深地烙印在心裡。因為，我有一種預感——這可能是我最後一次，打從內心露出純真的笑容了。

我吸了一下鼻子，恢復先前警戒的神經，冷靜地說道：

「健太朗瘋了，我不知道現在該怎麼辦才好。」

『我收到【確認服從】的簡訊，妳知道是誰服從命令了嗎？』

故意忽略我的問題，只在乎自己想知道的答案嗎？不愧是「資優生」，果然有腦筋。你想找的那個「服從命令」的其中一人，就是我。

「不知道。【確認服從】的簡訊，我收到了2則。其中一則不是舞或你嗎？」

「不是我們。不過，我知道其中一則是指誰。」

「誰？」

『不告訴妳。』

「為什麼你們不遵照命令去做呢？」

『等到時間快截止前再說吧，這樣玩比較刺激——我跟舞的看法都一樣。』

「喂，你沒想過要把舞的眼睛挖出來嗎？應該有機會吧？」

『沒想過。因為我和舞的想法很契合。』

「是身體很契合吧……啊、不是。你確定你們的想法很契合嗎？」

『我不允許任何人汙衊我和舞的關係。』

「你該不會是愛上舞了吧？你愛她嗎？從剛才的談話中，我發現你對舞倒是言聽計從呢。怎麼，你變成舞養的狗了嗎？她都餵你吃什麼狗食啊？」

『不是的！我們的關係沒有妳說的那麼低級。我所崇拜的伯特蘭・羅素，不但是數學家，也是邏輯學家，他是繼亞里斯多德之後，世界上最偉大的邏輯學家之一。我的夢想，是要爬上世界的最高峰，一個沒有人能抵達的境界。』

之後，「資優生」像機關槍一樣，搬出「統計學」、「邏輯主義」、「思想」、「數學的基本法則」等等，一大堆讓人聽不懂的字眼。

他大概是想藉由這些艱澀難懂的字眼，來混淆視聽吧。

通常，自以為了不起的人，都有這種習慣。而且，只要別人稍微提出質疑，就會立刻氣得跳腳。

因為他們對自己太有自信了。像這種人，一旦感覺到自己不受尊重，就會怒火直衝腦門。其實，真正了不起的聰明人，才不管別人說什麼，永遠都是一副神態自若的樣子。話說回來，這種自以為是的人，是很貪婪的，算得上是最可怕的人。

資優生口若懸河地發表高見，我聽得既無聊又煩躁。

『呼、呼……』資優生一面喘氣，一面繼續說道：

『我有傲人的學歷，將來我要走菁英的道路。我是改造日本的偉大英雄！不像你們，滿腦只想著那些——』

「夠了夠了！叫舞來聽吧！不然，我把你的眼球和最寶貝的東西喀喳掉！」

『算、算了。』

資優生把手機交給舞。

『好久不見。』

「妳和那種人聯手，不會很後悔嗎？」

我帶著同情和嘲諷的語氣說道。

『奈津子，謝謝妳告訴我那麼重要的情報。其實，躲在暗處演戲，也是一種趣味呢。』

舞說完之後，便掛斷了電話。

我不甘心地嘖了一聲。本來想挑起戰火，可惜，舞並沒有上鉤。說真的，我很想看看，她後悔和那個死腦筋的資優生聯手，最後氣急敗壞的狼狽樣呢。

我重新回想剛才的對話內容，可是不管怎麼想，就是想不透，我究竟透露了什麼情報給舞。是虛張聲勢嗎？

突然間，我確定了一件事。

舞對資優生有所隱瞞。

她沒告訴資優生，是她「親口告訴健太朗，慎二的屍體藏在農舍」的這個事實。

如果資優生知道的話，那他應該就可以猜到完成【命令10】的人，不是我就是健太朗才對。

舞，妳真是個厲害的女人呢。妳打算怎麼利用那個對妳死心塌地的資優生啊？

把他當作增加遊戲趣味的棋子嗎？

其實，我已經在資優生身上植入2個陷阱的種子，就等著舞掉進去了。

〃你變成舞養的狗了嗎？〃

資優生的自尊心比別人強，不可能對這句話毫無感覺。現在，他一定恨得牙癢癢的吧。

剛剛播下的種子，現在還只是冒出新芽的程度而已。希望再過一段時間，它會在資優生體內，長成茂密的大樹。

新芽一定會成長茁壯的。自尊心和矛盾，就是讓它成長茁壯的肥料。

我揚起嘴角微笑，輕快地拉起健太朗的手，繼續往亞矢子所在的學校前進。

「我們快去學校吧！健太朗，我絕對不會背叛你的！」

【6月19日（星期四）上午9點6分】

抵達學校之後，我們繞到後門。從那裡爬過鐵絲網，偷溜進校園裡面。我和健太朗躡手躡腳地穿過校園，然後從一扇從不關閉的窗戶爬進別館的走廊。就在這時候，我注意到了一個現象。

——別館後面的那座焚化爐正在冒煙。這座焚化爐平常幾乎沒在運作，我想，今天一定是有什麼特別的事情，才會使用吧。

不過，我沒有很在意這件事，只顧著趕去圖書館。

打開圖書館的門，亞矢子正坐在椅子上閱讀小說。一看到我們進門，她的臉上立刻浮現出微笑。

「我就知道你們一定會來。時間比我想像的還要早呢。——你們應該不是為了看書才來圖書館的吧？」

亞矢子闔上了她手中的那本書，然後從位置上站起來，打開窗戶。風一吹，窗簾隨即往室內的方向飄起。一股新鮮涼爽的空氣也跟著灌了進來。

亞矢子抓住飄動不止的窗簾，往窗戶外面看去，幽幽地說道：

「我聞到太一的氣味了。奈津子，妳再等一下好嗎？我會把那個東西給妳的。」

她的話中有話。雖然，亞矢子說話的態度和語調都很平淡，但是她那幽柔的肢體動作，似乎透露著陰森的氣息。

「這是怎麼回事？」健太朗抓住我的手臂，這麼問道。

亞矢子繼續說道：

「沒關係，不要怪奈津子，這是我自己的心願。能夠為某個人犧牲，不是很好嗎？早知道就應該簽署器官捐贈卡，這樣就能幫助更多受折磨的人，讓他們脫離苦海了。」

「是啊。」

我不太在乎地回話。其實，我並不想聽亞矢子繼續說這些有的沒的。

健太朗喃喃地說：「可是這樣，妳的家人會很傷心的。」

「捐贈者這個字，是從拉丁文的〝提供者〞演變來的，意思就是自願提供。說得更白一點，就是自願提供生命的人。當年，如果有人捐贈器官給我媽，或許她就不會那麼早死了。雖然說日本是醫療先進的國家，可是跟其他國家比起來，器官移植的風氣還是很落後。以移植心臟來說，日本一年的移植手術是0次。就算有，也只是個位數而已。」

《簽署骨髓捐贈者須年滿20歲以上，表明願意器官捐贈者須年滿15歲以上。》

我突然想到，張貼在車站廣告看板上的海報裡，有一位笑容無比燦爛的少女。她的旁邊似乎就寫了這幾個字。

接著，我猛然回過神，發現亞矢子後面的書架空蕩蕩的。原本擺在上面的書都不見了。對了，剛才看到焚化爐在冒煙，難道是——

「妳把書燒了嗎？」

「……嗯。」

「為什麼？妳不是喜歡看書嗎？為什麼要把書燒掉呢？」

「我也不知道為什麼。」

剛才看到的那座焚化爐，學校之所以放著不用，就是因為蓋了這棟別館，也就是我們現在所在的位置。焚化爐就在別館旁邊，用它燒東西的話，煙會跑進室內，而且會堆積在別館的特別教室和圖書館。

——對了，剛才亞矢子打開窗戶通風的時候，曾經說了一句『我聞到太一的氣味了』。

「妳該不會把太一和書本一起燒了吧？」

「現在的我，已經被太一和書本包圍了。」

亞矢子坐在椅子上，神態自若地看著書。她的臉上浮現詭異的微笑，感覺好像被什麼東西附身了一樣。

說真的，我有一股不寒而慄的感覺。

我用微弱的聲音對健太朗說道：

「開始搜尋『國王遊戲』的相關報紙和書籍吧。這才是我們來這裡的目的。」

亞矢子面帶微笑，仍舊安靜地看著書。我們在一旁，開始翻閱架子上的書本。

我當然不認為，我們會找到記載『國王遊戲』的報紙或是書籍。但是，我們還是繼續找。

如果，真的有人曾經跟我們一樣，陷入類似的絕境中。那麼，會是在什麼樣的背景下發生的呢？或者，他們表現出什麼樣的人性？最後的結局又是什麼？不知怎麼回事，我突然對這些問題產生了高度的興趣。

中午過後。

我們翻了幾十本書，還是沒有發現任何相關線索。在這段期間，亞矢子始終默默地看著她手上拿的那本書。

健太朗盤坐在地板上，用心地翻著書。一旁還放著另外兩本，書名分別是『物種的起源』和『人類滅亡』。

健太朗喃喃地嘀咕道：

「『大碰撞』……在寒武紀時期，地球的氧氣濃度，突然從1％暴增到20％，各種生命和微生物在這個時期大量繁衍。生命也進入多樣化的時代——」

我把手放在健太朗的肩膀上。健太朗看著我的眼睛說道：

「奈津子，妳知道嗎？如果把地球的歷史，換算成24個小時來看的話，人類的歷史，只有短短的9．4秒而已。而且，那還是以人類有50萬年歷史來計算的。可是，現在才西元幾年？我們才幾歲？——人類真是太渺小了。」

「是啊。」

「自地球誕生以來，從地球上出現又消失，也就是滅絕的生物，數量多不勝數，如果人類也滅絕的話，很可能以後就再也不會出現任何一種足以取代我們的生物了。」

這時候，亞矢子突然轉頭看著我們，打斷我們的談話。

「會出現的。比人類更高智慧的生物，一定會出現的。」

說完，又低頭看書。

健太朗也沒再多說什麼，繼續專心地閱讀書裡的文字。我也嘗試在書堆裡，尋找記載【國王遊戲】，或是類似現象的書籍。看過的就堆放在地板或書桌上面。

就這樣，我們各自忙著各自的事。

夕陽西斜了。

在白天的時候，因為有陽光照射進來，圖書館裡的感覺，就像拋光的鐵，閃亮生輝。可是隨著時間流逝，室內逐漸蒙上淡淡的鐵鏽色，看起來好像正在慢慢地氧化當中。

已經到傍晚的時間了，可是【服從簡訊】還沒傳來。也就是說，在我之後，還沒有人成功執行命令。在【殺死班上同學】的命令時，動作不是很快嗎？可是，這次【交出兩顆眼球】的命令，卻沒什麼人完成。

也許，這和目前還存活的同學人數有關係吧。可是，【挖眼球】比【殺人】的命令更難執行，這點倒是很奇妙。難道殺人比較容易嗎？想想還真是矛盾。

我離開圖書館，試著打電話給資優生。

「你還沒有執行命令嗎？」

『嗯……』

他的聲音聽起來沒什麼力氣，完全不像之前那樣充滿自信。我感覺到他現在正陷入了徬徨和焦慮之中。

問完話之後，我便闔上了手機。

——你就慢慢焦慮吧。反正舞在你身邊。說穿了，她只是把你當成一條狗，想利用你替她賣命罷了。

快點清醒吧。再過幾個小時，你就會迫不及待地想要挖出她的眼球了。

到時候，我想，你就再也說不出『等到時間快截止前再說吧，這樣玩比較刺激』這種風涼話了。

你的渴望將會戰勝一切情慾。快點把這個慾望，發洩在舞的身上吧。

亞矢子走出圖書館，從我的面前經過。我叫住了她。

「妳要去哪裡？」

「洗手間。我不會逃跑的。……另外，我還要傳一則簡訊。」

我回到圖書館，定睛一看才發現，裡面簡直是亂成一團。看過的書本，不是散落一地，就是一堆堆地疊著。「我們已經看這麼多書了嗎？」連我自己都感到佩服不已。

健太朗從中午開始，就一直以同樣的姿勢，坐在同樣的位置看書。

長時間坐在地上，屁股不會痛嗎？

脖子不會覺得痠麻嗎？

還是他已經認真到完全無暇他顧呢？

我往亞矢子剛才坐的椅子那邊看去。她之前看的那本書，並沒有放在桌子上。我巡視了圖書館一圈之後，發現櫃檯那邊貼了一張寫著『請如期歸還書籍』的壁報，而那本書就擱在櫃檯的歸還窗口。

【收到簡訊：1則】

是通知有人服從的訊息嗎？

我打開收件匣。

【6／19星期四18：35　寄件者：亞矢子　主旨：　本文：焚化爐的煙消失了，一切都變成了灰燼。我活著的話，妳一定無法下手挖我的眼球吧？之前我忘了說，有你們這兩個朋友，我真的很開心。謝謝。5分鐘後。】

亞矢子打算死在廁所。她要在那裡自殺。這則簡訊才剛寄到，所以應該還沒死才對。現在去救她的話，說不定還來得及。

健太朗抬起臉問道：

「是誰傳來的簡訊？【確認服從】的簡訊嗎？」

如果是【確認服從】的簡訊，健太朗的手機應該也會收到不是嗎？是亞矢子。她現在正打算自殺。簡訊是她傳來的。

我回答道：

「是惡作劇的連鎖簡訊。」

說完之後，隨即刪掉亞矢子傳來的簡訊。

——健太朗，我這麼做都是為了你喔。

【6月19日（星期四）晚間6點35分】

我表現得像是什麼事情都沒有發生過一樣，從書架上拿了一本小說。也許是巧合吧，那本小說剛好是夏目漱石寫的『心』。

小說的主角，陷入友情和愛情的抉擇中，雖然他選擇了愛情，但是內心卻背負著罪惡感，為此煎熬不已。

「友情」和「愛情」這兩種感情，現在也正在折磨著我。不過，我還沒有被邪惡所吞噬。快點拋開迷惘吧！

我把書擺回架子上，手微微地顫抖著。

要救亞矢子嗎？還是要裝作不知情，等她自殺？

因為掙扎、內心正在天人交戰，所以手才會顫抖。如果沒有徬徨，就不會把『心』那本書放回去，而會繼續看下去吧？可是，我卻不想繼續看『心』。因為我有種預感，看了那本書之後，會對內心產生很大的衝擊。

描寫背叛和人性醜陋面的小說，應該比較合適現在的情況吧。因為看了那樣的書，可以讓自己的行為合理化。

把書放回去之後，我又順手拿了旁邊的書。

那是以財產繼承為題材，描寫家族鬥爭、骨肉相殘的小說。裡面應該會出現不少殺人和背叛的情節吧。

在亞矢子自殺的這5分鐘內，就看這本小說好了。

小說的內容，是以世襲家族企業為背景，描述某大財閥的家族之間，為了搶奪握有主導權的經營者位置，彼此明爭暗鬥的故事。

我看了一眼放在桌上的手機。打從收到亞矢子傳來的簡訊至今，已經過了3分鐘。差不多都準備妥當了吧？

——小說裡面，男主角在家族所佈下的陷阱中，步步為營。後來，一個沒有身分、地位和學歷的女子嫁入這個家族，掀起了更大的波瀾。雖然只是隨手翻翻，不過內容大致已經知道了。

距離亞矢子傳簡訊來的時間，已經過了5分鐘。應該還有5分鐘的緩衝時間。也許她現在正在痛苦地掙扎吧。

——有人懷疑男主角並不是他的父親和母親所生的孩子，而是爺爺和他母親所生的。

距離亞矢子傳來簡訊的時間，已經過10分鐘了。我手上拿的小說，被翻開的那一面濕了一大片。是被我的淚水浸濕的。

——亞矢子，對不起。我會將妳和太一合葬在一起的。

時間到了。我一口氣翻到最後一頁。

整個家族完全崩毀了。父親被自己的親生兒子所殺，家族難逃厄運。一場血腥鬥爭的結果，是同歸於盡的毀滅。那群忘恩負義、不願意彼此扶持的人們，最後都得到了應有的懲罰。

我閉上眼睛，不由自主地對著桌上那本小說低下頭。為什麼要做這個動作，我自己也不瞭解。也許，我是想跟正在廁所裡慢慢死去的亞矢子道歉吧？

說不定，我把那本小說當成亞矢子的替代品了。

「健太朗，我去上個廁所。」

「喔。」健太朗冷淡地回答。

這也難怪。健太朗真的以為我是去上廁所的吧。

儘管事實並非如此——

我先從廁所發出慘叫，健太朗聽到之後就會匆忙趕來，然後他會發現亞矢子的屍體。這時候，我再說服他，挖出亞矢子的眼球。

我在心裡編了這樣的劇本。

我往廁所走去。不，應該說，我往亞矢子的屍體走去。

廁所入口的門是打開的。可是，從入口的位置望去，並沒有看到亞矢子的屍體。

應該在隔間裡吧。

女生廁所裡有一個洗手台和3個隔間。我從最靠近自己的那間開始找起，一間間打開來看。

第1間。沒看到亞矢子。

第2間。也沒看到亞矢子。

第3間。這是最後一間了。我屏住呼吸，準備要放聲尖叫了。

打開門的瞬間，我懷疑自己是否眼花了。我感到一陣暈眩，眼前變成了一片白色。

亞矢子並沒有在裡面。取而代之的，是牆壁上留下的血紅色字跡。那是她用自己的血寫下來的嗎？

【我本來希望妳會來救我的。

可是，妳並沒有回我的簡訊。

我要去舞那裡。】

每一個字都在滴血。大概是血快流光了，所以後面幾個字的字跡，變得模糊不清。

「為什麼會這樣——！」

我的雙手在那面寫有文字的牆上來回摸索，努力地想把那些血字擦掉。血跡未乾的文字，糊成了一片。

匆匆趕來的健太朗，站在廁所的入口處，大聲喊道：

「發生什麼事了？奈津子！」

健太朗依照我的腳本趕來了。可是，這跟原來的計畫不一樣。這裡缺少了一樣最重要的東西。

「沒什麼！」

我這麼回答健太朗，然後打電話給亞矢子。

「嘟——嘟——嘟——」

通話中。

是不是拒接我的電話，所以故意播放通話中的聲音？

還是，真的在通話中？

我又繼續打電話給舞和資優生。他們兩個也是在通話中。如果3人都在通話中，就表示亞矢子真的拒接我的電話了吧。

「啊啊啊啊——！」

我發出啪噠啪噠的腳步聲，從廁所飛奔而出。健太朗就在入口處旁邊等我。他的眼神是那麼的開朗、純粹。可是我的眼神，卻隱藏著邪惡——

「奈津子，發生什麼事了？」

「沒什麼。」

「騙人！」

「我看到很大隻、很大隻的蟑螂，所以才忍不住大叫。那隻蟑螂跟牠的小孩，生命力太強韌了。」

「蟑螂？——奈津子，妳怎麼全身都在顫抖呢？」

「沒有啦！對了，健太朗，你怎麼好像一點也不著急！你知道我有多擔心嗎？情況很緊急耶！拜託你神經繃緊一點啦！」

「跟我來一下。」

健太朗明知道廁所裡只有我一個人，卻還是先敲敲門，再把門打開，然後把我拉進去。

「你要做什麼？放開我！」

健太朗半強迫地要我站在鏡子前面。

鏡子裡的另一個自己，正在看著我。鏡中的奈津子，臉頰凹陷，眼睛和嘴角則是像施暴者一樣扭曲著。

健太朗這麼說道：

「這種表情，是會把幸福趕跑的。」

「我已經不可能會有幸福了！」

「誰說的！就因為妳這麼想，幸福才會跑掉。奈津子，對著鏡子笑吧？」

我試著照健太朗說的，對鏡子裡的自己微笑。可是，那對眼神卻好像故意唱反調似的，不管我怎麼努力嘗試，看起來還是那麼殘酷。我用手覆蓋著自己的臉頰。我不想看！我不想看到如此醜陋的自己！

我用顫抖的聲音說道：

「健太朗，跟我在一起幸福嗎？還是保持一點距離吧？跟我在一起的話，會帶給你不幸的。」

「不要這樣貶低自己！雖然我是男生，卻總是給人靠不住的印象。面對大場面的時候，也曾經想過要退縮。

奈津子和我完全相反。妳的個性比較急，而我總是慢慢來。我們兩個是急驚風遇到慢郎中。正因為相反，所以我們才處得來。如果兩個人都是急性子的話，一定會搞得一團亂吧。我們兩個加起來除以2，就剛剛好了。奈津子是我的油門，而我是奈津子的煞車。」

聽到健太朗這麼說，我突然回想起過去兩人相處的種種。也許真的如健太朗所說，我跟他是互補的關係。不光是對我，健太朗對周遭的人而言，都像是一帖緩衝劑，個性風趣，而且總是壓低自己的姿態。

健太朗這麼說道：

「妳不要誤會了喔，其實我也很害怕。現在的我，根本不敢想像明天的自己變成什麼樣子。」

「我也是。」

「那是當然的啦。——我們現在正處於可怕的絕境之中。可是，只要能度過這些難關，幸福就會降臨了。我們要有信心。」

「嗯，我相信。」

嘴裡雖然這麼回答，但是我的內心其實還是充滿了不安的疑慮。

健太朗轉頭朝圖書館的方向看去，問道：

「亞矢子呢？」

「她說臨時有事情要離開。」

「這樣啊。」

健太朗表示理解地點點頭。他就是太容易相信別人說的話了。這種不設防的個性，遲早一定會吃大虧的。

我打開手機，確認時間。

【19：04】

「真是白費力氣。已經沒剩多少時間了，我們差不多該走了。」

健太朗露出一抹苦笑，表示贊成，然後轉身，匆匆忙忙地往圖書館跑去。

幾分鐘後，當他再度回來時，手裡拿著一本書。從大小看來，應該是可以放進大口袋裡的文庫本。

我則是在圖書館的櫃檯翻出一個塑膠袋，然後跑向焚化爐。我拿起一旁的鏟子，把爐子裡的灰燼，鏟進塑膠袋裡。

我有預感，這些灰燼——太一的骨灰，未來應該派得上用場。

我們爬過學校後門的鐵絲網，溜到外面。

班上的同學現在只剩下7個人存活。扣掉我和健太朗，還有另外5個人。如果再把舞和資優生扣掉，就只剩下3個人。而完成命令的，就只有我和這3個人的其中一人。

和學校比起來，外面就像個遼闊的世界。要找到班上同學的難度，也提高了許多。

這時候，手機鈴聲響了。

【收到簡訊：1則】

【6／19星期四19：23　寄件者：國王　主旨：國王遊戲　本文：確認服從　END】

我無言地看著手機。

把這一則也算進去的話，服從命令的同學已經有3個人了。我猜，這次服從的人，不是舞就是資優生吧。沒錯，有人挖了亞矢子的眼球。那對原本應該由健太朗挖出來的眼球。

真是不甘心。

我開始進行各種可能性的推測。

收到亞矢子那則透露自殺訊息的簡訊時間，是晚上6點35分，現在是晚上7點23分。這中間還不到一個小時的時間。

如果是亞矢子跑去找舞和資優生，然後舞再把亞矢子的眼球挖出來——

可是，要是舞所在的位置很遠，那麼，要在一小時之內完成這些作業，幾乎是不可能的事。除非，舞和資優生就躲在學校附近。這樣的推論，還算合理。

——啊、我想起來了。亞矢子在我們剛進圖書館的時候，便立刻打開窗戶和窗簾，讓煙飄進圖書館裡。她的解釋是，這樣可以聞到太一的氣味。

乍看之下，會覺得這個動作合情合理。不過，如果仔細推敲就會發現，這樣太不自然了。把太一的屍體扔進焚化爐燒掉，只為了聞他的氣味，這樣的行為太不合常理了。我們都被亞矢子詭異的舉動騙了。

『聞到太一的氣味了。』

『現在的我，已經被太一和書本包圍了。』

亞矢子在圖書館裡是這麼說的。因為她想要和太一在一起，所以才會那麼做。

可是，如果是這樣，那麼亞矢子應該在我們趕到圖書館之前，就把窗戶和窗簾打開才對啊！

我們出現之前，就打開窗戶，不是可以讓她和「太一」共處的時間更久嗎？既然這樣，為什麼要等到我們來了，才打開窗戶？

這點的確很可疑。

圖書館的後面有一座山，從那裡可以清楚地看到整個圖書館。難不成，舞正從那裡偷窺我們？

因為圖書館的玻璃是不透明的，如果不打開的話，就無法看到室內。亞矢子是為了讓舞看到我們，所以把窗戶和窗簾打開的嗎？

如果是的話，那麼亞矢子和舞是同夥囉？

『答對了，我一直在監視你們呢。』

我的腦子裡，不由自主地響起了舞的聲音。

「健太朗，我們去後山！去可以看到圖書館的位置！」

舞他們就在那裡！

【6月19日（星期四）晚間7點59分】

我和健太朗匆忙地趕往後山，找了一處可以清楚看到圖書館全景的位置。

那附近種滿了山茶花。山茶花的花朵白裡透著些許粉紅，是一種常被種來當作分隔房子與房子的圍籬，屬於山茶科的常綠闊葉樹。盛開的季節大概是秋末到冬季。

——小時候和朋友們玩捉迷藏時，我總是喜歡躲在粉紅色的山茶花圍籬後面。這些記憶，至今都還歷歷在目呢。

我站在後山的山頂上，往學校的方向看去。月光不是很明亮，不過還是足以看清楚圖書館的全貌。

應該是去年的時候吧？我經過紫悶高中旁邊的一條小徑時，不經意地抬頭往後山的方向看去，一整片白茫茫的，看起來像是被白雪覆蓋了一樣。我心想，那一定是山茶花的花瓣吧。

舞他們就是躲在山茶花樹叢後面，偷偷地監視著我們吧？就像小孩子在玩捉迷藏那樣。

我小心翼翼地走進種滿大片山茶花的樹叢中。

才剛踏進去，我馬上閉起眼睛，忍不住發出「唔」的一聲。就在我眼前——在山茶花樹叢的後面，躺著一具上半身穿著衣服，可是褲子脫到膝蓋以下的屍體。

那是舞殺死的第2名男同學——佑。佑的屍體和第一個被殺的慎二有一個不同之處，就是他的兩顆眼球已經被挖出來了。另外，他的胸前還放著一張對折起來的紙條。

【妳的直覺很敏銳呢——這是一場遊戲，贏的人可以得到獎品喔。】

「真是鬼話。誰要什麼獎品啊。」

我平心靜氣地唸著。

健太朗跪在地上，把佑脫到膝蓋的褲子，重新拉到腰部的位置。接著，又用樹葉覆蓋住被挖空的眼窩。最後，他把從圖書館裡帶出來的那本文庫版小說，如同貢品一般地擺放在佑的遺體旁邊。

斑駁的書衣上面，可以看見印刷的書名『你和我』，以及一對深情對望的男女圖畫。從書名來看，應該是一本戀愛小說吧。

「為什麼不告訴我呢？有什麼不能說的嗎？又不會少一塊肉。難道，書裡面寫了什麼不可告人的內容嗎？」

之前我問過健太朗，可是他就是不願意告訴我，那本小說裡面的內容。

健太朗低著頭，默默地掉下眼淚。我把手伸到他的腋下，用力將他抱起來。

「我們走吧，已經沒多少時間了。」

「妳太無情了。我想在這裡多待一會兒。」

「沒有時間了！難道你不知道嗎！」

「我知道——幾分鐘、幾分鐘就好了！難道，連這點時間都不能等嗎！我想替死者禱告、為他祈求冥福！難道這樣也不行嗎！」

「祈求冥福？人都死了，已經沒有幸福可言啦！為死去的人哀悼，又能怎麼樣呢？」

「可是他……他——算了，沒什麼。」

健太朗欲言又止。躊躇了一會，還是沒繼續說下去。

我留下健太朗，獨自一個人繼續往前走。健太朗則是像在划船一樣，拖著沉重的步伐跟了上來。

走我的身後的健太朗，自言自語地說道：

「在【命令3】的時候，佑暗地裡救了妳一命。妳大概不知道這件事吧？他曾經跟我說過，『要若無其事地表現善意、站在背後默默地守護、不要把「我救了你喔」這種話掛在嘴上，這樣才像是男子漢』。還有，『吹噓自己曾經當過志工的人，並不是真正的志工。為善不欲人知，才是真正的好人』。」

「──那傢伙還真懂得自我滿足。其實，他只是想要得到別人的感激和讚美吧。」

「妳知道在【命令3】中，死去的人是誰嗎？就是第一個因【國王遊戲】而死的人。」

「……知佳。」

「佑的女朋友。」

「那又怎麼樣？他還不是禁不住舞的誘惑而劈腿了！噯，你到底要我怎麼樣？健太朗！」

「妳自己不會想嗎！」

健太朗大聲怒吼。他眼裡佈滿血絲，全身不停地顫抖，看起來非常生氣。我還是第一次看到健太朗生這麼大的氣。

「妳還記得曾經看過我放在佑旁邊的那本小說嗎？」

「……不記得。」

因為被突然「變臉」的健太朗嚇到，我的眼裡泛著淚光，用小到幾乎聽不見的聲音回答。

「那本破破爛爛的小說，是知佳念國中的時候，獲得手機小說大賞的作品。描寫的是他們兩人的愛情故事！那時候，大家不是替他們辦了一場盛大的慶祝會嗎？妳連這件事都忘記了？」

我想起來了。

『原來你們兩個是這樣談戀愛的啊？全部都在小說裡面公開啦！』

班上同學都這麼調侃佑和知佳。

小說的內容，其實和『長腿叔叔』很類似。雖然文筆和表現方式稍嫌生澀，不過，內容充滿了樸實而純潔的感動。

對了，小說的名字就叫做『你和我』——佑和知佳。「為什麼不是『我和你』，而是『你和我』呢？」我這樣問道。當時知佳是這麼回答的：

『因為這是為了佑而誕生的小說。』

「之前，我一直聯絡不到佑，內心非常擔心。儘管隱約有不祥的預感，可是在親眼見到他本人之前，我不願意去設想最壞的結果——我希望他還活著。」

「那你應該恨舞才對。是舞殺了佑的。」

我丟下健太朗，繼續往前走。

從旁觀者的角度來看，大概會以為我是因為健太朗靠不住，所以才會跑開吧。事實上，我心裡有很多複雜的想法。

對我而言，健太朗的心太耀眼了，就像照射進房間裡的豔陽般刺眼奪目。所以，我選擇和健太朗保持距離，如同拉上窗簾擋住陽光一樣。

我聽到健太朗在我背後大聲地嚎哭，聲音斷斷續續的。颱風來襲時，窗戶都會裝上有隔音效果的隔音板，現在的我，也很想隔絕健太朗的哭聲。

為了取得最新的狀況，我打手機給幾個我認為可能還活著的同學。當然，另一個用意是想轉移鬱悶的心情。

不過，沒有任何人接電話。

是不是拒接呢？

還是發生了什麼狀況，無法接聽？

難道，都死了嗎？

——健太朗，請你諒解。我這麼做，都是為了幫你。

我抬起臉看著天空，大聲喊道：

「我也想哭啊！拜託你，健太朗！不要哭了好不好！」

我的眼淚和健太朗的不一樣。從他眼裡流出的，是哀悼朋友的死所流的「哀傷的淚水」。而我，則是因為事與願違而流的「不甘心的淚水」。

走路下山的時候，四周的天色早已一片昏暗。我和健太朗的關係也陷入了泥沼。籠罩在四周的黑暗，正好是我們關係惡化的寫照。

我打手機給資優生，可是卻無人接聽。本來我還暗自期待，他會受到我的煽動而動手殺了舞——

說到舞，她一定用了什麼高明的手段，轉移了資優生的憤怒吧？或許，他們兩人現在正在嘲笑我呢。

事情的發展，完全背道而馳。我已經無計可施了。

強風吹起陣陣的飛沙。在空中飛舞的沙粒，掉進我的左眼，害我痛得流下眼淚。我用左手背擦拭左眼。只要犧牲我的眼睛，健太朗就可以得救了。

——不可能。這世界上不可能有這種人，會為了救另外一個人，自願傷害自己的身體。即使是為了自己所愛的人。

——男人和女人也是有撕破臉的時候。如果我的眼睛看不見了，健太朗還會繼續愛我嗎？

——如果是為了家人呢？智惠美，妳會怎麼做？妳會為了保護家人和愛人，犧牲自己的眼睛，或是生命嗎？

我和健太朗漫無目的地奔跑著。因為皮鞋磨擦的緣故，我的腳踝疼痛不已。可是，我現在必須忍耐。

然後，我停下腳步，掏出手機確認時間。

【23：08】

腳踝的疼痛已經超過了忍耐的極限。我把皮鞋脫下來，用左手拿著。

高筒襪被鮮血染成紅色，藍色和紅色混在一起，變成了黑色。只穿著襪子跑，雖然腳底會痛，但總比腳踝磨破皮來得好一些。

【收到簡訊：1則】

【6／19星期四23：10　寄件者：舞　主旨：　本文：第2理化準備室。　END】

只寫了地點而已，其他什麼內容都沒有。

〝快來第2理化準備室吧。我們在這裡。這裡有屍體喔。〞

舞，這是妳想說的話吧。

這則簡訊到底是什麼意思？——是陷阱嗎？

她的意思是，要我自己去猜嗎？

第2理化準備室是一個感覺有點陰森的地方。

那間教室總是瀰漫著一股冰冷透骨的寒氣。裡面盡是擺一些肌肉解剖模型、全身骨骼模型、頭蓋骨模型。一踏進去裡面，就會感覺到一股難以言喻的詭異氣氛。

準備室位於別館的2樓，剛好就在圖書館的正上方。說不定，我們在圖書館裡翻書的時候，舞和資優生就在我們的正上方？

一想到這裡，頭皮不由得開始發麻。

從現在的位置走到學校，大概要花40分鐘的時間。如果用跑的，要花多少時間呢？

現在是晚上11點10分。如果舞他們不在那裡的話，那麼健太朗就會——

就算是陷阱、就算會受騙上當，也顧不得那麼多了。總之，先去看看再說。

【6月19日（星期四）晚間11點31分】

我們來到第2理化準備室的大門前。

「吁、吁、吁……」

因為一路上都是用跑的，所以比預料的時間提早到達。真不愧是田徑社的情侶檔。

準備室大門上面的玻璃已經破了。從走廊照射進來的月光，映在銳利的破玻璃上面，更增添了幾許詭異的氣氛。

教室的門開了一道縫。我把手指伸進去，將門打開。內心期待著舞和資優生就在裡面。

漆黑的教室裡面，有一盞小小的燈光。光線像燭火一樣微微地晃動著。

定睛看去才發現，那是理化準備室常備的工具「酒精燈」。

準備室後面飄出一股濃厚的刺激性臭味。這是什麼臭味？

這時候，陰影之中突然傳來了說話的聲音。聲音的主人，彷彿能看穿我的心思。

「那是蟻醛，分子式是HCHO。也有人稱它為福馬林溶液。按照IUPAC的命名法，又叫甲醛。無色透明、具刺激性味道、有毒。因為是屬於急性毒物，所以它的揮發氣體，會讓呼吸器官、眼睛，以及喉嚨產生刺痛感。」

「謝謝妳這麼詳細的說明。舞老師，妳可以現身了吧？」

我穿著磨破的襪子，走進第2理化準備室，腳底馬上感覺到一陣冰冷。我踏到了某種液體。舞並不知道我沒有穿鞋。因為，一般人並不會只穿著襪子在外面跑。

灑在地上的液體，該不會是陷阱吧？

她一定以為，一切都按照她的計畫進行吧？我心裡不由得燃起小小的勝利感。

喀唧、啪喳！

一陣玻璃碎裂聲，夾雜著液體噴濺的聲音，在教室裡迴盪著。來這套？

我這樣問道：

「……什麼東西？」

「水溶液。」資優生這麼回答道。

「這我當然知道。你聽清楚了，資優生。我是在問液體的名字。如果是水，就說是水。難道，你連這點微妙的不同，都聽不出來嗎？」

「我是故意的！因為我不想告訴妳，我灑的是酒精，所以才會告訴妳是『水溶液』！妳當我是傻瓜啊——」

「謝謝你。原來是酒精啊。」

準備室裡面陷入了沉默。笨傢伙，真想看看他現在是什麼表情。

資優生說道：

「在酒精燈前面有2個裝了液體的錐形瓶。奈津子，妳就挑其中一個喝下去吧。」

「我來做個大膽的猜測好了——其中一個是無毒的，對吧？」

「沒錯。」

「有什麼我非喝不可的理由嗎？」

「只要妳喝下去，就能得到舞送給你們的獎品。不可以先聞味道。拿起瓶子之後，就要一飲而盡。」

「不可以喝！奈津子！」健太朗大叫。我轉頭看著健太朗，安慰他道：「放心吧，包在我身上。」我走到放置酒精燈的桌子前面，盯著那兩個錐形瓶。

在黑暗的房間裡，酒精燈發出的火焰，飄搖不定地閃爍著。火焰的光芒反射在錐形瓶的表面，營造出一種奇幻的氣氛。就像火和錐形瓶起了交互作用一樣。

「我正好覺得口渴。其中一個瓶子裡面裝的是礦泉水嗎？」

「妳這種人只配喝自來水。」

「資優生，你知道圓周率是多少嗎？」我突然丟出一個毫不相干的問題。

資優生不以為意，還得意洋洋地回答道：

「3．14159265358979３。還要繼續嗎？」

「果然了不起。那薇薇安．魏斯伍德定理呢？」

健太朗在我耳邊低聲問道：「有這個定理嗎？妳知道的還真不少呢。」

「當然沒有。我只是在我最喜歡的名牌『薇薇安．魏斯伍德』後面，多加定理兩個字而已。」

喜歡名牌的女生大概都知道這個品牌吧。我知道資優生對名牌和流行服飾一點也不感興趣，所以只要在後面加「定理」兩個字，就足以讓他想破頭了。

「有、有這個定理嗎？是數學家的名字？還是物理學家？奈津子知道的學者，我不可能不認識啊——」

「時間到。你連薇薇安這個名字都沒聽過，真是太孤陋寡聞了。資優生，你將來想當什麼？」

「我已經告訴過妳了，我將來要進入上流社會、成為改變日本未來的大人物。當然，一開始我會經營公司，以年收入超過3000萬圓為目標。」

「你所謂的上流，是高級生活水準的意思吧？20歲到30歲的未婚男性中，年收入超過600萬圓以上的人，佔了日本全體的多少%？據說，「年薪600萬圓以上」是參加婚姻聯誼的女性最低的擇偶條件喔。」

「咦？那麼，有50%嗎？」

「噗～正確答案是2%！就說你孤陋寡聞嘛！滿腦子都是理想固然不錯，可是，偶爾也要看清楚現實情況啊，資優生。」

「住口！這些問題跟現在有什麼關係！努力向上才能出人頭地！學歷代表一切、有學歷才能擁有財富！」

——生氣了。真是單純呢。我就是要激怒你，讓你失去冷靜的判斷力。

我指著錐形瓶說道：

「咦？左邊那個錐形瓶裡的液體，好像有點黃黃的。水應該是無色透明的吧？這麼說的話，右邊的瓶子裡，裝的應該是水囉。」

「怎麼可能！右邊那個裝的是硫酸——」

「謝謝你。原來是我看錯了。黃色應該是火光造成的吧……」

我拿起左邊的錐形瓶，將裡面的液體一飲而盡，然後說道：

「舞，我達到妳的要求了。」

【6月19日（星期四）晚間11點40分】

「啊啊啊啊啊啊啊——！」

那一瞬間，準備室後面傳來資優生淒厲的叫聲。不到幾秒鐘，就看到他全身抽搐，在濕黏的地板上爬著。

他的手伸向我，哀嚎地說道：

「我的名字……不叫資優生。奈津子，妳知道我叫什麼名字嗎？」

不知道。打從入學開始，班上同學就叫他「資優生」，所以我根本就不知道他的本名是什麼。只記得好像是很少見、唸起來很繞口的名字。

「班上同學都不知道……我的本名。其實我並不是……自願當資優生的……是大家都這麼叫，所以……我才努力想成為那樣的人。」

「左馬進。」健太朗低聲地說。

「健太朗……原來你記得我的名字。我一入學，大家就說『左馬進』這個名字很難唸……於是就用外表的特徵來幫我取綽號。從此以後，大家就一直叫我『資優生』。我真的好痛苦，因為不想輸給我的外號……所以才一直拼命用功……」

舞從教室後面走出來，手裡拿著一個裝有福馬林溶液、裡面浮著一隻青蛙屍體的瓶子，好像準備把瓶子往資優生的頭上砸去。

「你們……給我取了那麼殘酷的外號……害我過得好痛苦……我一直想找機會報復……為

了脫離痛苦的折磨，我拼命地念書和上網，而舞……」

「喀咚」的撞擊聲和「喀啦」的玻璃碎裂聲同時傳來。瓶子就這麼破了。

左馬進不再發出聲音，原本伸向我的那隻手，也無力地落在地上。身體趴在地板上，一動也不動。

「這就是輸了遊戲的懲罰。——妳知道為什麼資優生會把水裝進左邊的瓶子裡嗎？因為左馬進的名字第一個字是左。他好像希望妳能發現這點呢。」

光線太暗了，看不清楚舞的臉。反正一定是面無表情吧。

我回答道：

「至少在他死的時候，不要叫他『資優生』，叫他『左馬進』吧。」

「奈津子，其實妳早就猜到，要是妳選了水，我就會殺死資優生對吧？」

「才沒有。」

這是騙人的。在佑的遺體上發現的那張紙條裡面，寫了這樣的內容：

【妳的直覺很敏銳呢——這是一場遊戲，贏的人可以得到獎品喔。】

『只要妳喝下去，就能得到舞送給你們的獎品。』

聽到資優生說出這句話的時候，心裡原本還不確定的臆測，現在終於得到證實了。舞所準備的禮物，就是左馬進的眼球。

「奈津子，妳早就猜到這一步，於是故意擾亂資優生的判斷，因此獲得了勝利。拿去吧，這是給妳的禮物。」

「健太朗，你去把左馬進的眼球——」我低聲說道。
健太朗拼命搖頭，像是受到脅迫一樣，拖著腳步往後退。
「健太朗！不這這麼做的話，你會受到懲罰的！」
「不要！我做不到！我做不到！」
舞說了一句「我想也是」，然後站到我們面前。她的臉朝上，左手伸向自己的左眼。動作看起來好像在挖什麼東西似的。
「真正的獎品，其實在我的身上。這才是真正的獎品。」
她打算挖出自己的眼球嗎？這個女人的心裡究竟在想什麼？
「她瘋了」，除了這句話，我想不出更適合的用語了。
健太朗大聲嘶吼道：
「快住手——！夠了——！」
「什麼叫夠了！」我毫不猶豫地出聲喝斥。
舞轉過頭，狠狠地瞪著我。接著，突然舉起右手，指著我的右後方那片牆壁。
「放心吧，這齣戲很快就結束了。大概是光線太暗，所以你們一直都沒發現吧？」
我回頭往舞手指的方向看去。瞬間，我噤聲了。因為實在是太突然了，嚇得我差點昏了過去。
亞矢子就在那裡。
正確來說，應該是亞矢子被固定在第2理化準備室的牆壁上，看起來就像是被釘死在十字架上的耶穌。袖子、側腹、裙子、還有衣服等多處都被敲入了釘子。整個人就這樣被吊掛在牆上。

這是刑求——

雙眼的位置，已經變成了一無所有的黑洞，鮮血從裡面流了出來。

殘虐、殘忍、殘酷——除此之外，我找不到其他的字眼，可以形容眼前的光景。

「亞矢子已經變成希伯來文裡的彌賽亞——也就是救世主了。」

舞一面說著，一面把手裡的東西往健太朗的方向扔去。健太朗反射性地伸手去接。那是圓圓的眼球，上面沾的血和體液都已經擦拭乾淨了。

「那是亞矢子的眼球。」

【收到簡訊：1則】

【6／19星期四23：47　寄件者：國王　主旨：國王遊戲　本文：確認服從　END】

舞拿起那盞把錐形瓶映照成鵝黃色的酒精燈，放在自己的鼻尖前面說道：

「我們來合奏一曲破滅的旋律吧。結局已經近了。」

一種令人不快的預感油然而生，健太朗好像也感覺到了。

健太朗拉扯著被釘在牆上的亞矢子衣服上的袖子，想把釘在她衣服上的釘子拔掉。我則是忙著四處找滅火器。

舞打算要放火燒掉這裡。她在準備室灑滿了不明液體，就是為了這個目的吧。

從我的位置衝過去制止她的話，萬一酒精燈掉在地上，反而會釀成大禍。

而且對象是舞，「說服」這招對她來說是不管用的。

用滅火器對著她噴吧，至少能熄滅酒精燈的火。——我心裡這麼想，偏偏到處都找不到重要的滅火器。

「我馬上救妳下來。」

健太朗在後面大聲哭喊著。

「亞矢子已經死了！」

「她死得這麼悽慘，我不能放著她不管！」

「舞打算燒掉這裡了啦！」

「就算是這樣，我也不在乎！奈津子，左馬進就拜託妳了！他的名字和殺人不眨眼的戰國時代英雄一樣！那個英雄最後也熬過來了！」

「他已經死了！」

「有時間說這些有的沒的，還不如快把左馬進搬出去！」

「我正在找滅火器！」

發出微弱火光的酒精燈，越來越靠近舞的臉。在搖晃不止的火光中，浮現出舞那張毫無表情的臉龐。她說道：

「我把這段時間所發生的事情，仔仔細細地告訴你們吧。情節有點混亂，不過，還請耐著性子聽完。」

——毀滅的倒數計時開始了。

「我挖出佑的眼球，完成了命令。可是，『資優生』卻遲遲不動手。他一直在威脅我。因為，他中了妳設下的陷阱。

資優生充滿了強烈的慾望。不要弄錯了，我指的不是情慾，而是恐懼感和緊張感。雖然談不上是智力對決，但是他從『賭命遊戲』的恐懼感中，獲得越來越高的快感。為了享受這樣的快感，他故意不服從命令，還說『等贏了遊戲之後，就跟我交往吧』。真是可笑。才做過一次愛，就想跟我談戀愛。」

舞冷淡地說道。臉上的表情，冷得讓人毛骨悚然。

「亞矢子為了被殺，而跑來找我。妳猜，她跟我說了什麼？『要是奈津子或健太朗沒有服從命令的話，就把我的眼球給他們吧』。我問她原因，她這麼回答我：

『因為，當我說「早知道就應該簽署器官捐贈卡，這樣就能幫助更多受折磨的人，讓他們脫離苦海了」的時候，健太朗說「可是這樣，妳的家人會很傷心的」。看到他替我的家人著想，我就覺得好感動。很多死者家屬都不願意看到死者去世之後，身體還要被切開。就因為這個原因，自願提供器官的人少之又少。也許，這是日本人的習慣和傳統吧。不過，這也算是日本人的優點。因為他們希望死去的親人，能夠帶著完整的身體，離開人間。』

對了，亞矢子說她有看到奈津子從焚化爐裡面把太一的骨灰收集起來呢。她還說她相信妳這麼做，是為了安慰太一在天之靈，想把骨灰灑在自然界之中。我還聽到她小聲地說了一聲『謝謝』呢。」

舞轉頭瞪著我，挑釁地這麼說。

「奈津子收集骨灰，是為了安慰太一在天之靈？我可不這麼認為。

『我現在這個樣子，已經不能去見奈津子了。』亞矢子這麼說，甚至還拜託我：『把我的眼球交給奈津子吧。』最後，我還是殺了亞矢子，挖出她的眼球，讓她成為彌賽亞。

我想起來了，奈津子和健太朗離開圖書館，往後山的方向跑去之前，不是收到了一則確認服從的簡訊嗎？妳認定亞矢子是跑來找我們，所以誤以為不是我，就是資優生完成了命令，對吧？如果是這樣，那妳就大錯特錯了。」

大概是越說越激動吧，舞的聲音變得異常尖銳。

「沒錯，亞矢子的確是來找我們。可是我和資優生並沒有將她的眼球據為己有。我的確曾經想過，要讓你們發現佑的屍體，所以想騙你們去後山。甚至還打算傳一則【去後山】的簡訊，誘導你們過去。可是，簡訊還沒來得及傳出去，你們就已經先一步跑去後山了。

我一直在思考這其中的緣由，後來終於想通了。是那則【確認服從】的簡訊，讓妳突然改變了心意，調頭跑去後山的。因為「如果我和資優生待在離學校很遠的地方，那麼亞矢子跑來找我們，還讓我們挖出眼球的這些行為，將無法在1個小時之內完成」，於是妳猜到了，我們應該是躲在距離學校不遠的地方。接著，妳又聯想到，從後山可以清楚地看到圖書館的全貌，於是便認為我們躲在後山。

可是，如果這一切都是偶然發生的，那也太完美了，總覺得還有什麼地方難以解釋。我想，這和在晚上7點23分完成命令、確認服從的人有關。從時間上來考量也是這樣——」

誰能在晚上7點23分完成命令呢？到目前為止，還活著的班上同學之中，誰的可能性最高——？

「那個人一直在暗中採取行動，而且擁有一顆如蛇蠍般陰毒的心。他躲在暗處，冷靜地監視著我們的一舉一動。而且，很可能已經知道妳在圖書館，而我在第2理化準備室，還有，被我殺死的那兩具裸屍的藏匿地點。

現在回想起來，我記得白天的時候，在種滿山茶花的地方好像有看到一個人影。而且亞矢子的反應也不太尋常。照理來說，她應該會跑去廁所自殺才對。另外，我在確認未傳送簡訊的時候，發現有些被人刪掉了。我認為，這些都和那個在晚上7點23分完成命令的人有關。

對不起，我說了這麼多。奈津子、健太朗，你們現在趕快離開這裡吧。」

【收到簡訊：1則】

【6／19星期四23：55　寄件者：國王　主旨：國王遊戲　本文：還有5分鐘　END】

舞往後退了幾步，還在燃燒中的酒精燈，摔落到灑滿液體的地面上。隨著玻璃瓶破碎的「喀啦」聲傳來，火焰同時迅速擴散。第2理化準備室瞬間陷入了火海。

火舌沿著不規則的路線蔓延，我趕緊往沒有火焰的地方逃去。

「簡直是胡來！妳的腦袋是不是壞啦！」

我抬頭往上看。「灑水器呢？」

站在火牆另一端的舞，神情卻異常地冷靜，和慌亂不已的我完全不同。

「放心吧。因為這裡是別館，不會延燒到本館，所以學校並沒有在這裡安裝灑水系統。儘管消防法規定《學校設施凡是超過11樓以上，都有義務設置灑水器》。」

「這不是重點！我是說，妳要怎麼逃出去！」

「只好在這裡分手了。」

嘟嚕嚕嘟嚕嚕。有簡訊。問題是，現在哪有閒工夫看那個！健太朗還在努力想要把亞矢子從牆壁上放下來。可是，到現在連一隻手臂都還鬆不開。

——求求你，放棄吧。不然連你也會被燒死的。

背後的火舌越燒越猛烈，熱風從後面壓了過來。裙擺的部分著了火，發出滋滋的聲音，於是我趕緊把火苗拍熄。

嘟嚕嚕嘟嚕嚕。【收到簡訊：1則】

左馬進的身體完全被大火吞噬了。在澄黃色的火焰中，劈哩啪啦地燃燒著。

他的身體就在我的眼前燃燒了起來——

因為吸入大量濃煙的緣故，我不停地咳嗽。雖然瞇起了眼睛，眼淚卻還是不停地流出，呼吸也越來越困難。

「求求你，放棄亞矢子吧！咳咳、咳咳……你不離開準備室，我也不會離開的！你要我們兩個一起葬身火窟嗎？亞矢子送給你的生命，你要這樣糟蹋掉嗎？」

「啊啊啊啊啊啊啊——！」

健太朗彷彿失控般地放聲大叫。

「我無法救妳了，對不起！亞矢子！」

亞矢子，希望妳和太一都能安息──謝謝妳。

我把太一的骨灰，倒進亞矢子的口袋裡，然後從第2準備室飛奔而出，跑到了1樓。

到了中庭後，我大叫著：「健太朗！火！上衣著火了！」我和健太朗的衣服都燒了起來，於是跑到水龍頭那裡，把水澆在衣服上。健太朗的上衣後方和我的裙擺，都被燒出好幾個洞來了。

終於能夠放心地呼吸了。我和健太朗耗盡了力氣，癱坐在地上。

再次望向別館的方向，那裡竄起了熊熊的火柱。

別館本來就是老舊的木造建築，在火舌的摧殘下，就這麼不斷地發出爆炸聲。玻璃破裂的聲音，劈哩啪啦地響著。

火焰從第2理化準備室的窗戶噴了出來。

我呆然地看著這驚悚的一幕。火舌捲起粉塵往上竄燒，濃煙直衝雲霄。

周邊原本漆黑一片的夜色，現在全染上了晚霞般的澄黃色。往上飛舞的粉塵，在黑色的夜空中爆開，碎屑像星星般閃閃發亮。

「火舌的速度真快。──亞矢子和太一正往天堂飛去呢。」

「左馬進也是。還有舞──」

髮絲在夜風中清柔地飄起，搔著我的鼻頭。我摸摸頭髮，看著髮梢。

都燒焦了。那是我好不容易留的過胸長髮。因為有人說「喜歡長髮女孩」，所以我才特地留的。

健太朗平靜地說道：

「妳辛辛苦苦留的長髮，現在……」

「沒關係，反正我也膩了。前陣子才想說要修短一點呢。」

「是嗎？妳短髮的樣子一定也很可愛。」

「謝謝。——話說回來，火真的很可怕呢。」

「消防車還沒來嗎？」

「這個小鎮上只有義消團而已。」

我們兩個抱膝蹲坐在地上，楞楞地看著還在熊熊燃燒的火焰。

「看到火，我才想起來。我的背上有一大塊被火燒過的痕跡呢。」

「什麼時候燒傷的？」

「不知道。」

眼前的光景，就好像升起的狼煙一般。

這道狼煙是否在暗示著，接下來會有更大規模的行動？還是遊戲就要結束了呢？

我們就這麼靜靜地坐在那裡。

【死亡2人、剩餘5人】

紫闇高中【命令11】——2009年6月

【6月20日（星期五）午夜0點0分】

「學校燒起來了。」

不知道從哪裡傳來了細微的聲音。這不是健太朗的聲音。我轉頭往後面看去。是雙手插在運動服口袋裡的哲也。他就站在距離我們約3公尺遠的後方，靜靜地看著前方燃燒中的大火。

——哲也怎麼也在學校呢？

是看到高高竄起的濃煙，才跑過來查看的嗎？還是打從一開始就在附近？

哲也問我：

「妳全身都濕透了，會不會冷？學校因為發生死亡案件暫時關閉，妳怎麼還每天穿著學生制服呢？」

「我喜歡穿制服不行嗎？而且，現在不是很流行穿制服嗎？就算是假日，還是有很多人穿制服去逛街呢。」

我不認輸地回答。其實，除了制服之外，我也沒什麼便服，所以平常我都是穿著學生制服。我也想穿短裙、搭配涼鞋，或是搭配高筒襪啊！我還想要MIMO、MIU MIU、薇薇安・魏斯伍德的名牌包，可是我哪有錢買這些。再說，要是我露出大腿的話，奶奶會生氣的。

——咦？等等，為什麼哲也知道我「每天」都穿著學校的制服？如果不是長時間觀察的話，不會說出「每天」這個字眼吧。

我記得舞說過。

有一個人——『那個人一直在暗中採取行動，而且擁有一顆如蛇蠍般陰毒的心。他躲在暗處，冷靜地監視著我們的一舉一動。』

我想試探哲也。看看他是否知道，是誰放火燒了別館。如果知道的話，應該會說「放火的人不是奈津子，是舞才對」吧。

「對不起，別館就這麼燒掉了。」

「妳不需要道歉。」

模稜兩可的回答。這個答案可以有很多不同的解釋。

〃因為放火的人是舞，所以妳不需要道歉。〃

〃那是不得已的情況，所以妳不需要道歉。〃

不管是哪一種解釋，都可以拗得過去。

「哲也認為是我放的火嗎？」

「不是嗎？如果不是，為什麼要道歉？難道，是健太朗放的火？」

他沒有提到舞。如果他知道，舞和我們一起在理化準備室裡，應該會提到她的名字才對。

難道他是在故意裝蒜？

我換了另一個話題。

「你知道未傳送簡訊的事嗎？」

「咦？妳是說，已經寫好了內容，可是沒有傳送出去的簡訊嗎？」

說得也是。我的問話方式太不高明了。

「就是在死去的同學手機裡，只留下一個字的未傳送簡訊。」

哲也突然轉頭查看四周，然後低聲地說道：

「有人看到濃煙跑來了。我們快逃吧。奈津子、健太朗，你們還跑得動嗎？」

哲也跑走了。好像是為了逃避我的問題，而急著開溜，我們也追了上去。

「等一下！你先回答我，你知不知道只有一個字的未傳送簡訊的事！」

哲也背對著我回答道：

「我全部都知道。」

全部是什麼意思？未傳送簡訊的全部文字嗎？還是，我們全部的行動？

對於哲也這種曖昧不明的回答方式，我不禁感到生氣，於是加強了語氣，繼續質問他：

「你今天有看到亞矢子嗎？有沒有去過後山？知道裸屍的事嗎？還有山茶花！你是幾點幾分完成命令的？是不是晚上7點23分？」

「我沒有義務回答妳。」

「什麼？健太朗！快抓住哲也！」

健太朗一邊跑，一邊操作手機。

「妳看這個命令！我不懂它的意思！」

「先抓住哲也再看吧！他快逃走了！」

我們繼續追著哲也。

哲也的心情看起來好像很不錯。感覺就像是「要誘騙我們到某個地方去」一樣。是我想太多了嗎？

跑了大約5分鐘左右，我們來到一處防空洞的入口。防空洞張著大大的嘴巴，好像要把人吞噬進去一樣。這裡是將學校後山挖空所建造的吧？

這裡比山茶花樹叢還要深入後山，以直線距離來計算的話，大概是位於東南方約200公尺的地方。我從來不知道原來這裡有防空洞。

哲也一腳踏在防空洞的入口說道：

「對不起，一路上只顧著跑。我很瞭解奈津子的個性，所以我想，用這個方式的話，妳一定會追上來。剛才那個地方沒辦法安心說話，而且大火會引來看熱鬧的人。總之，我們進去裡面再說吧。光線很暗，要小心走喔。」

我們跟著哲也進入了防空洞。洞裡散落著許多大小不一的岩石，頂部似乎有很多蝙蝠吊掛在那裡。

好冰涼——更正確地說，是寒氣。一股寒氣爬上背脊，傳來無聲無息的冰冷感。

我們慢慢地往隧道深處走去。大約在5公尺的前方，有光線透了過來。我們朝光源的方向繼續前進。那是被立在地面上的手電筒，朝隧道頂部照射，然後反射下來的光，剛好照亮了一定的範圍。

「好、好冰喔！」

我本能地舉起右腳。聲音在防空洞裡迴響著。

原來腳下有一灘積水。水從岩壁上的裂縫滲出來，流到了地面。

襪子又浸濕了。這時我才想起，我的鞋子遺忘在第2理化準備室了。這一路上，我都是穿著襪子在跑的。

兩隻襪子的前端，已經破了一個大洞，拇趾暴露在外面，害我忍不住笑了出來。

——小時候的種種回憶，突然浮現在腦海。

用腳踢男生的屁股、偷溜進鄰居的院子裡摘果子吃、故意偷走暗戀的男生的鉛筆盒，把裡面的鉛筆丟掉，等他不知所措時，再假好心地把自己的鉛筆借給他用。我真是太調皮了。

還有，每天把學校的營養午餐，偷偷留一點下來，拿去餵鄰居家池塘裡的鯉魚，祈禱牠們「要變肥一點」。後來被鄰居的老爺爺發現，還因此挨了一頓罵呢。

一星期之後，我又拿剩下的飯菜去餵魚，卻發現池子裡的鯉魚都不見了。我以為是因為鯉魚變肥，被老爺爺抓去煮來吃了。一氣之下，我跑去跟老爺爺理論，結果反而挨了老爺爺的拳頭。

還有——一時之間想不起來是誰了。我打電話到暗戀的男生家裡，等他接起電話後，就馬上把電話掛斷，甚至還為此緊張了好一陣子呢。

真是令人懷念。

突然，我的視線凝結了。

——是誰？

前面有個人坐在地上，雙手緊緊地抱著膝蓋，整個背部都縮了起來。

「命？」

我出聲打招呼。命抬起頭，對我笑了笑，臉上露出令人熟悉的酒窩，可是沒有出聲。

哲也在命的前面蹲了下來。

「命受到很大的精神打擊，無法開口說話了。」

「什麼？」

命抓起我的手，用食指在我的手心寫了【我】【好】【想】【死】幾個字。

她的手指和指甲間的縫細，被染成了紅色。大概是在挖誰的眼球時，沾上去的吧。我突然感到一陣揪心。

忽然間，健太朗拍拍我的肩膀，把手機螢幕拿到我面前。

「妳看。這是國王傳來的簡訊和下一道命令。不過，我看不懂命令的意思。」

【6月20日（星期五）午夜0點58分】

【6／19星期四23：57　寄件者：國王　主旨：國王遊戲　本文：確認服從　END】

【6／19星期四23：58　寄件者：國王　主旨：國王遊戲　本文：還有60秒　END】

【6／19星期四23：59　寄件者：國王　主旨：國王遊戲　本文：因為沒有服從國王的命令，處以火焚的懲罰。男生座號10號・田中左馬進、女生座號27號・持田亞矢子　END】

【6／20星期五00：00　寄件者：國王　主旨：國王遊戲　本文：這是你們全班同學一起進行的國王遊戲。國王的命令絕對要在24小時內達成。※不允許中途棄權。＊命令11：全班同學，切勿做出國王遊戲中不必要的行為。　END】

「切勿做出國王遊戲中不必要的行為？」

我照著命令重複唸了一次。哲也這麼說道：

「真搞不懂這個命令是什麼意思。現在還活著的人，就只剩下我、健太朗、命和奈津子4個人了。因為上一次和上上一次的命令，我覺得生命受到威脅，所以和班上同學斷絕聯絡，一直躲在這個地方。這一次，我們4個人攜手合作吧。」

哲也斷定班上還活著的人只剩下4個。也就是說，他認為舞已經死了。那麼，哲也一定知道第2理化準備室裡發生的情況。他都看到了嗎？

舞有那麼輕易就死去嗎？那個女人的生命力那麼強韌，就算全世界的人類都死光了，她也可以像蟑螂一樣活下去吧。

健太朗說道：

「哲也一直躲起來也是不得已的。好，我們就攜手合作吧。」

不合邏輯。一切都太不自然了。儘管如此，我還是先回答「好」。畢竟《三個臭皮匠，勝過一個諸葛亮》。

我們4個人圍坐成一圈，開始發表自己的意見。

我問道：「不必要的行為，是不是指友情、互相幫助之類的事？」然而，卻沒有人回應。

「你們是刻意忽視我的意見嗎？」

「別生氣，奈津子。如果不必要的行為指的是互相幫助這件事，那麼我們大家早就受到懲罰了。我們現在不是正聚在一起討論如何活命的方法嗎？」

「說、說得也是。」

或許，在場只有健太朗一個人認為我們是在互相幫助吧。後來，我們彼此交換了一些想法，不過，依然找不到解開這道命令的線索。

有那麼一瞬間，我心裡想著，此時如果舞也在場的話，一定會發表一些天馬行空的意見，說不定，我們還能從她的意見中，找到活命的線索呢。

「先休息一下吧。我這裡有一些飲料和零食，不多就是了。」哲也站了起來。

——那些東西該不會下了毒吧？

「我不想吃。現在沒那個心情。」

命拍拍我的肩膀，把手機的螢幕拿給我看。

【好累、好想洗澡喔！真想把心靈和身體都洗乾淨呢。】

「要是有按摩浴缸就好了！最好是會冒很多泡泡的那種！」

命一面微笑，一面輕輕地搖頭。她刪除螢幕上原來的字，重新輸入。

【奈津子的腳是幾吋？我的是23．5。】

命把自己腳上穿的運動鞋脫下來給我，還用手指著我那動來動去的趾尖。她用唇語對我說：

〃大拇趾在跟我打招呼呢。〃

「真是難為情。妳看這個！」

我把露在襪子外面的大拇趾轉了幾圈。在手電筒微弱的照明下，我和命兩人窩在昏暗的隧道內，偷偷竊笑著。

「我不要妳的鞋子！反正我很快就可以弄到新鞋子了。」

命側著頭，好像在說「是嗎？」，然後又在手機裡鍵入文字。

【以前我們兩個曾經一起惡作劇呢。像是打電話去暗戀的人家裡，等他一接電話就掛斷之類的。那時候我們還玩得很開心呢，妳還記得嗎？】

「原來那個人是命。當然記得啊。」

命開心地搖搖頭。

【我好希望能夠像女孩們那樣談心呢。沒有目的地聊個沒完，好比說八卦、愛情、異性之

類的事情。】

命的眼裡泛著淡淡的淚光，眼神充滿了哀傷。

我知道健太朗身上有帶手帕。以前我也有看過，他的皮夾裡有ＯＫ繃。雖然有點不甘心，不過他的確比女生還要細心。

我跟健太朗說「把手帕借我」，他馬上就從口袋裡掏出一條黃色手帕。

「妳要做什麼？」

「秘密！男生都出去吧！」

「嗄？」

「快點出去！」

健太朗和哲也被我趕出了防空洞。兩人一面嘀咕，一面不情願地走出防空洞。

我走到剛剛弄濕襪子的積水處，再用岩壁上滲出的水沾濕手帕之後擰乾。

「這樣就行了！」

我重新回到命的身邊。

「男生都離開了，現在只剩下我們女生囉。我幫妳把弄髒的身體擦一擦吧，順便聊聊天。」

突然間，命露出害羞的表情，不過很快又點頭同意。我脫下命的上衣，只剩下內褲，然後繞到她的背後。

「冷不冷？妳的肌膚很光滑呢。我們現在已經是有家歸不得了。雖然逼不得已，不過我們終究還是殺了人。」

我用銳利的視線盯著命的背。

「我很羨慕妳有這麼光滑美麗的背呢。哪像我，背後有一大片被火燒過的痕跡，一輩子都不會消失——啊、對了，我剛才在防空洞的入口附近，發現了一灘水。奇怪的是，水的顏色紅紅的。我想，應該是有人在那裡洗掉手上血跡的證據吧。

向井美美的遺體在哪裡？如果我沒猜錯的話，應該就在這個防空洞裡吧？妳不要誤會喔，我不是在責怪妳挖了她的眼球，畢竟我也挖了別人的，所以我們是半斤八兩。」

命的肩膀開始顫抖。

「如果妳願意告訴我，妳在打什麼主意，我會很高興的。話說回來，命，妳真的不能開口說話嗎？」

命慌張地打起了簡訊。

就在這時候，手機的鈴聲響了。

【6／20星期五01：32　寄件者：國王　主旨：國王遊戲　本文：因為沒有服從國王的命令，所以處以斷頸的懲罰。男生座號3號・川口哲也　END】

「為什麼哲也會受到懲罰呢？哲也和健太朗他們發生什麼事了！」

我開始慌張起來，忘了命就在自己身邊。命趁機拿走上衣，把手電筒往岩壁上扔去。瞬間，洞裡變成漆黑一片。

命逃走了！我懊惱地咋舌，開始大叫道：

「健太朗，命逃走了！在出口處抓住她！」

「哲也的頭……啊啊啊啊啊！」

健太朗的喊叫聲，和哲也淒厲的慘叫聲，同時傳了過來。聲音在防空洞內迴盪，聽起來就像是死亡的合奏。緊接著，又傳來某種程度的硬度和重量的物體，掉落到地面的聲音。

——咚的一聲。

我想追上命，可是洞裡漆黑一片，我連自己所在的位置，還有入口在哪個方向都不確定。就循著健太朗的聲音，走到入口那裡吧。可是，循著聲音走出去，比我想像中要困難許多。

「命！妳在哪裡！快出來！妳打算躲在黑暗中，偷偷殺了我嗎？」

聲音在洞裡面不停地迴盪，我的三半規管都快麻痺了。

我的肩膀撞到岩壁。反彈的力道，害得我差點跌倒。我搞不清楚出口的方向，只能在黑暗中盲目地跑著。

「健太朗！用聲音指引我到出口！」

「我現在沒空！」

我的腳踢到了東西，整個人豪無防備地往前撲倒。就在此時，手好像也摸到了什麼，感覺細細長長的，用手就可以握住，而且很柔軟。

我摸索著，想要確認眼前的東西到底是什麼。那是一條有點厚度的毯子。我繼續摸，摸到一個約3公分高的突起物，觸感軟軟嫩嫩的。那是——嘴唇。

接著，右手食指陷入了一個凹洞，發出噗滋的聲音。凹洞底部硬硬的，還帶有濕濕黏黏的液體，感覺非常噁心。

這種觸感，我曾經體驗過一次。——就是挖出慎二眼球的那個時候。
倒在地上的，是被挖走眼球的向井美美的屍體。

「夠了……夠了……我受夠啦——！」
這一瞬間，一切都分不清楚了。我把手上的手機，用力扔出去。幾秒後，傳來了「喀咚」的聲音，手機掉到了地上。
嘟嚕嚕嘟嚕嚕。
鈴聲把我的意識拉了回來。我往發出藍色光芒的方向走去，撿起地上的手機。
【收到簡訊：1則】
「到、到底是怎麼回事！」
【6／20星期五01：36　寄件者：國王　主旨：國王遊戲　本文：因為沒有服從國王的命令，所以處以分屍的懲罰。女生座號15號・柊命　END】
我愣住了。手機螢幕透出的光，將向井美美的屍體照得藍藍的。
究竟發生什麼事了？
我藉著手機螢幕的光，急著尋找出口。途中，剛好看到一支掉落在地上、螢幕發出微弱光線的手機。是命的手機，命好像正在打簡訊的樣子。
【我並沒有什麼目的，我們只是躲起來而已。好可怕，大家都變成了敵人。奈津子會殺了我嗎？我是真的無法說話啊！】

——這是怎麼回事？

我加快腳步往出口的方向前進。出口附近有月光，雖然微弱，不過足夠看清楚四周的景物了。就在約50公分的前方，有一顆看起來像是哲也的頭顱滾落到地上。還有一條細細的線，一直連到出口處附近。那是頭顱從身體上掉下來之後，滾動的痕跡。

防空洞外面沒有照明，但是勉強可以分辨周遭的環境。哲也那副少了頭顱的身體，正躺在健太朗的旁邊。

我的呼吸節奏混亂不已，幾乎快喘不過氣來了。

「哈、哈、哈……健太朗……健太朗！」

【6月20日（星期五）凌晨1點51分】

「切勿做出國王遊戲中不必要的行為，原來是指【妨礙健太朗】啊。」

這聲音非常熟悉，而且令人毛骨悚然。那是我打從心底深惡痛絕的聲音。有好幾次我都想殺死的那個人——舞，就站在那裡。

黑暗中，我仔細地盯著舞看。她的樣子和之前有點不太一樣。

下一瞬間，我楞住了。

舞的衣服幾乎被燒光，皮膚和內衣褲全都暴露在外。

不只是這樣。她的左半邊臉、左手、還有雙腳都潰爛了。皮膚表面還有許多腫起來的小泡泡。是灼傷，而且已經嚴重到無法復原的程度了。

原本過肩的長髮，也被火燒得糾結成一團。她現在的樣子看起來，就像是在戰場上吃了敗仗、徘徊在鬼門關前的落難武將。往日那美麗的容貌，已經看不到一絲一毫了。

舞一面剝下左手臂上潰爛的皮膚，一面淡淡地說道：

「通常火災致死的原因，是呼吸器官灼傷，或是一氧化碳中毒。只有被火燒的話，是不會那麼快死的。我們在火場裡看到的那些焦黑的屍體，大部分都是因為被熱氣燙死，或是中毒而死。」

「那些我都不想知道！妳這傢伙的生命力，簡直跟蟑螂一樣呢。」

我心裡其實這麼想著：「這是妳自己種下的因，怨不得別人。」不過，我並沒有說出口。

因為舞現在的模樣，實在是太悽慘了。

「眼睛看到的、耳朵聽到的，都不是事實。我說過『如果這一切都是偶然發生的，那也太完美了，總覺得還有什麼地方難以解釋』。沒錯，一切都是事先設計好的，全都不是偶然，而是必然的結果。

我跟妳說過『那個人一直在暗中採取行動，而且擁有一顆如蛇蠍般陰毒的心。他躲在暗處，冷靜地監視著我們的一舉一動』，事實上根本沒有這個人。的確有人躲在防空洞裡，可是並沒有我說的『在晚上7點23分完成命令、確認服從的人』。因為那個時候，執行命令的人是我。命和哲也因為對我的存在感到害怕，所以一直在監視我。可惜他們沒有意識到，自己也被監視了。哲也在早上7點24分的時候，用陸的眼球達成了任務。命因為內心非常掙扎，一直到時間截止前的3分鐘，才把美美的眼球挖出來。」

舞好像完全不在乎身上的燒傷似的，面無表情地繼續說道：

「我故意讓他們兩個人在外面遊蕩，而且還告訴他們，你們在圖書館，我們在第2理化準備室。對了，我不是還說『在種滿山茶花的地方好像有看到一個人影』嗎？那也是騙人的。妳也發現到亞矢子的行動很不自然對吧。那是當然的，因為，是我誘導她走上那條路的。妳仔細想想，第2理化準備室的位置，就在圖書館的正上方，我當然有機會和亞矢子說話啊。『我在確認未傳送簡訊的時候，發現有些被人刪掉了』也是騙妳的。其實刪掉的人就是我。」

——舞，妳的企圖到底是什麼？

「跟妳說了這些之後，妳就會開始懷疑命和哲也。以為我已經被火燒死的哲也和命，也會因為「我」這個危險人物死了，而現身與你們會合——一切都在我的意料之中。因為我一直在暗中監視你們的一舉一動。

對了，剛才我看到健太朗和哲也兩人起了爭執，彼此還互毆呢，所以哲也才會被國王懲罰。沒過多久，命也從防空洞裡跑出來，她看到一臉茫然的健太朗，拿起石頭想要砸他，結果自己反而受到懲罰。從他們兩個人的死來判斷，【不必要的行為】，應該就是指【妨礙健太朗、傷害健太朗】的意思。」

好像有影子在移動。我朝那個方向看過去，剛才還躺在一旁的健太朗，正努力地想站起來。他一站起來，就低著頭喃喃地說道：

「奈津子，我的心意永遠不會改變——我愛妳。」

他連看都沒看我一眼，就迅速地跑開了。

「等等，健太朗！」

「不能去追他！妳知道健太朗為什麼要從妳面前跑開嗎？因為他恨自己。哲也和命兩個人，都是因為他而死的，如果奈津子也妨礙健太朗，或是傷害到他，那麼下一個受懲罰的人就是妳了。所以他才會毅然決然地離開妳，妳要體會健太朗的苦心。」

「誰要妳多管閒事！」

我拼命地追趕健太朗。可是，健太朗是田徑社的一員，而且還是男生，所以我只能看著他的背影逐漸離我遠去。我打手機給他，他也不肯接。

「傻瓜……就算因為觸犯這道命令而受罰，我也心甘情願啊。」

我垂頭喪氣地走回防空洞入口處，舞早已不見人影。我已經懶得管那個女人的死活了。

我決定不再尋找健太朗，靜靜地守在防空洞的入口處等待。我相信健太朗一定還會回到我身邊的。

左手握著手機，兩手無力下垂的我，就像剛剛被男朋友甩了的少女一樣。腳底的痛楚越來越劇烈，從磨破的襪子露出來的腳掌，早已傷痕累累。

——健太朗，不管等多久，我都會等下去的。

太陽升起來了。健太朗還是沒有出現。

「——你要讓這麼可愛的女孩等多久呢？我是不會輕易放棄的。」

我動也不動，一直待在原地等待健太朗現身。早上的天氣本來還很晴朗，過了中午卻突然急轉直下，雲層詭異地快速移動著。

鉛灰色的烏雲覆蓋了天空。是積雨雲。天空閃過一道金光，接著又傳出巨大的雷響，雨滴開始嘩啦嘩啦地打在皮膚上。積雨雲的中心部分不斷地發出閃光。

我不在乎被淋濕，可是手機被淋濕的話，就無法和健太朗聯絡了。

我弓起背，把手機壓在胸口，想要保護手機不被雨淋濕。

——我相信健太朗一定會回到我身邊的。都已經等了好幾個小時了，難道真的是我太傻了嗎？只要躲進防空洞就可以了，不是嗎？為什麼偏偏要在外面淋雨，難道我是傻瓜嗎？

我不是傻瓜。這是策略——

健太朗一定會出現的。我就是要被雨淋得濕答答。

他看到全身淋濕的我，一定會這麼說吧：

「妳一直待在大雨中等我嗎？」

我會點頭回答他「是啊」。

然後，健太朗就會緊緊地擁抱我，為我取暖。

這就是我的目的。

我的心機這麼重，他會喜歡嗎？

也許，這一切都只是藉口。說不定，我只是懶得四處尋找，所以留在原地等待。扮演癡情等待的純情少女，的確比較輕鬆。

——其實，我自己也不知道該怎麼辦？

『如果奈津子也妨礙健太朗，或是傷害到他，那麼下一個受懲罰的人就是妳了。所以他才會毅然決然地離開妳，妳要體會健太朗的苦心。』

舞說的這番話在我心裡發酵著。也許，我真的不能去找健太朗。

——我的心裡到底是怎麼想的？

真是越想越不明白。

我一定是哭了吧？站在大雨中，什麼也分不清楚。只知道從臉上滑下的水滴，味道是鹹的。

隨著時間的流逝，雨勢也越來越大。

通常被雨淋濕的話，體溫應該會降低，可是我卻覺得身體越來越燥熱，意識逐漸模糊，就連腳步也站不穩。該不會是感冒了吧？

平常我很少感冒。健康的身體是我的優點之一。可是，為什麼今天會感冒呢？

眼前的景物開始搖搖晃晃，我就這麼倒了下去，像個胎兒般蜷曲著。

「……你的女朋友都感冒了耶，怎麼還不回來呢？水果什麼的就不用了，回來看看我就好……」

我要變成孤魂野鬼，而且是世界上最可怕的孤魂野鬼。

——臨死之前，還這樣貶低自己，果然很像我的個性。

我的意識到這裡就中斷了。

【6月20日（星期五）晚間11點40分】

我緩緩地睜開眼睛。感覺好像有什麼東西壓在身體上面？伸手一摸，發現有人幫我蓋了毛毯。毯子還發出淡淡的消毒水味。

我記得眼前的景物。大概是有人把我送來學校的保健室了。我猜，是健太朗看到我昏倒在防空洞前面，所以把我送到這裡來了吧？

想到這裡，我的內心一陣欣喜。

「你果然來了！」

可是，房間裡並沒有看到心愛的健太朗。雖然發燒，導致視線模糊，不過我還是努力地撐起身體，仔細環視四周之後，才發覺健太朗不在這裡。

我拖著沉重的身體，來到走廊大聲地叫喚：

「健太朗——！」

沒有人回應。不過，我還是很高興。健太朗果然還是很關心我，把我送到保健室休息。他一直都在默默地守護著我。

也許今天結束之後，他會悄悄地出現在我面前吧。現在只是因為國王的命令還沒有解除的緣故，所以才刻意不現身。

手機的來電鈴聲響了。是從裹在我身上的毛毯裡傳出來的。我拉起毯子，手機咚的一聲掉落在地上。是健太朗傳來的簡訊。

【6／20星期五23：45　寄件者：健太朗　主旨：　本文：我在學校頂樓。　END】

——他一定是等不及了。

我奔出保健室，快步趕往頂樓。

打開通往頂樓的鐵門，外面還在下著雨。

塗了黑色油漆的護欄，把頂樓四周包圍起來。從鐵門的位置看去，不遠處放著一個紙箱。從尺寸來看，如果把身體蜷縮起來的話，應該可以勉強塞進一個成人。

「健太朗，你在哪裡？」

我走近紙箱，把紙箱蓋打開。瞬間，我本能地用雙手摀著嘴。

——這是什麼？

箱子裡面，放著一件純白色的新娘禮服。

「我們又還沒到結婚的年紀，你是不是搞錯啦？人家還是純情少女耶！這是你要送我的禮物嗎？——可是，你是從哪弄來這件禮服的……」

「恭喜妳，奈津子。」

我往聲音的方向望去。舞就靠在鐵門旁邊，臉上纏著繃帶，只露出眼睛、鼻子、以及嘴巴。左手和雙腿也都纏著繃帶，頭髮全都剃光了。

我用極盡諷刺的語氣說道：

「妳的美貌本來是排在我後面的，怎麼現在變得這麼狼狽？不過，我現在懶得理妳。」

「不要這麼嫌棄我嘛。」

我不想理會舞。

「健太朗他——從懸崖上面跳下去死了。」

聽到這句話，我的身體頓時僵硬了起來。不過，沒多久又馬上回過神來。

——一定是騙人的，笨蛋才會相信她的鬼話。

「哼！」我用鼻息笑了笑。舞看到我的反應，嘴角歪斜地笑了。

「那件新娘禮服，是健太朗的姊姊穿過的。」

——這是怎麼回事？舞在說什麼？

「健太朗跳崖自殺了。我是見證人，真的沒騙妳。」

「那這件新娘禮服是什麼意思？」

「健太朗只跟我說『請把這個交給奈津子』，其他的我也不清楚。從男生的立場來猜的話，大概是『希望奈津子能夠嫁人，過著幸福的人生，但是請不要忘了我』這種老套的想法吧。——要不然就是『我之所以離開妳，是希望妳能得到幸福。妳一定可以找到比我更適合妳的男人』吧。男人啊，真是沒出息的動物。偏偏女人呢——」

我和舞同時加大了音量。說不定，這是我們兩人唯一一次抱持著相同意見的瞬間吧。

「根本不需要。」

「根本不需要！」

「奈津子，我已經知道未傳送簡訊要傳達的是什麼意思了。我用目前僅知的文字，做了這樣的推測——」

手機的來電鈴聲，覆蓋了舞說話的聲音。

【6／21星期六00：00　寄件者：國王　主旨：國王遊戲　本文：這是你們全班同學一起進行的國王遊戲。國王的命令絕對要在24小時內達成。※不允許中途棄權。＊命令12：女生座號19號・本多奈津子，要殺死佐竹舞。　END】

【死亡3人、剩餘2人】

紫悶高中【命令12、13】——2009年6月

【6月21日（星期六）午夜0點0分】

確認了手機的簡訊內容之後，舞往護欄的方向走了過去。一邊走，一邊解開纏在手臂和臉上的繃帶，然後把解開的繃帶往空中拋去。

「噯，妳知道嗎？我在佑臨死前聽他說過，他在【命令3】的時候救了奈津子呢。【命令3】的命令是【奈津子和知佳進行人氣投票】，最後妳不是以2票之差險勝嗎？知佳是佑的女朋友，為什麼他卻投票給妳呢？答案很簡單。因為佑不希望奈津子死去。妳知道這是什麼意思吧？

奈津子，妳之所以能夠存活到現在，是犧牲掉班上許多同學的命換來的。今後，妳一定要繼承班上31位同學的命，繼續活下去喔。」

舞爬上護欄，站在頂樓的一角。只要一腳踏出去，肯定會墜落。她張大雙臂說道：

「只要心一狠，就可以殺掉我了。來吧，奈津子，動手吧。試試看。妳知道為什麼我會殺死那麼多同學嗎？原因之一，是我想要體驗殺人的快感。不過，還有另一個原因，就是我希望班上的同學，能夠早日從【國王遊戲】的折磨中解脫。健太朗要是早點死的話，就不用承受那麼多苦難了。他應該早點自殺的。」

「少胡說八道了。健太朗還活著，不要再騙我了。」

我從護欄的縫隙伸出手，用力往舞的胸口推去。現在，殺人這檔事對我而言，已經不需要任何猶豫和掙扎了。

舞緩緩地往後傾倒。

「奈津子，我要送妳一樣離別的禮物。如果妳想繼承我的意志，就戴上它吧。」

舞把一樣東西扔向了我。

幾秒後，舞墜落在柏油路面上。身體內側和外側爆開的「啪咚」聲，夾雜著液體噴濺的「啪啦」聲。地上大概有積水吧。

四周再度安靜下來，只有雨聲嘩啦啦地作響。

我爬過護欄，探出身體往樓下看去。雨水夾帶著從舞的額頭流出的大量鮮血，向路面擴散開來。她的手和腳，以極不自然的角度扭曲著。

我開始尋找舞掉下去之前扔給我的東西。掉落在頂樓角落的，是舞生前最喜歡配戴的粉紅色髮夾。

「因為頭髮全部剃光了，所以不需要了吧。」

——嘟嚕嚕嘟嚕嚕。

【收到簡訊：1則】

【6／21星期六00：08　寄件者：國王　主旨：國王遊戲　本文：這是你們全班同學一起進行的國王遊戲。國王的命令絕對要在24小時內達成。※不允許中途棄權。＊命令13：女生座號19號・本多奈津子　選擇要繼續國王遊戲或是接受懲罰　END】

我感到一陣困惑。【要繼續國王遊戲】？難道現在不是正在進行國王遊戲嗎？

什麼叫【選擇要繼續國王遊戲或是接受懲罰】，兩個我都不要！

截至目前為止，命令都是在午夜0點0分的時候傳來，為什麼這次是0點8分？

真是一點頭緒也沒有。對了，問問健太朗吧。

「健太朗，【不准妨礙健太朗】的命令已經結束啦！」

——嘟嚕嚕嘟嚕嚕。

【收到簡訊：1則】

【6／21星期六00：08　寄件者：國王　主旨：國王遊戲　本文：能夠遇見你是我這一生中最幸福的事，我對你的感情永遠都不會改變。　END】

「這是什麼？」

這些字好像在哪裡見過。總共有31個字。難道，這就是留在死去同學手機裡的那些【未傳送簡訊】，所拼湊出來的文章嗎？

——嗯？31個字？留在死去同學手機裡的字？班上一共32個人。32人－31人＝1人＝我。舞剛剛說『健太朗跳崖自殺了』？

我把這段文字中的【你】改成了【奈津子】。

【能夠遇見奈津子是我這一生中最幸福的事，我對奈津子的感情永遠都不會改變。】

——健太朗死了。他死了。他死了。死了。死了。死了。死了。死了。

「不要、不要、不要！不要再折磨我了……健太朗……你是我的一切啊！」

呼吸變得好紊亂。是不是什麼發作了？指尖麻痺了，感覺全身都在痙攣。

「吁、吁、吁。我要冷靜。」

我陷入了錯亂的狀態，不停地揪著頭髮、用頭撞擊護欄。

雨停了，夜空變得一片荒涼。我抬頭仰望，高舉雙臂，深深地吸了一口氣。

——真想出生在幸福的星空下。

——健太朗死了。沒有事先跟我商量，就自殺了。為了保護我而自殺。不，也許健太朗早就想死了？或者，是因為他害死哲也和命的緣故？我不知道哪一個才是正確答案。

——智惠美，我想見妳一面。我想跟智惠美、智惠美的男友、還有健太朗，4個人一起約會。可惜，這個夢想不會實現了。

——健太朗，你告訴我要幸福地活下去。可是，你就是我的一切啊！我要現在就死去嗎？還是要一個人活下去？——我不知道該怎麼決定，不如就交給命運吧。

眼前的天空一片漆黑，烏雲無邊無際地延伸。

——健太朗，你送的新娘禮服，我不會收的。你要我當一個沒有新郎的新娘嗎？我不會和健太朗以外的男人結婚的。

——如果我能活下去，我就要變成「殘酷的天使」；如果死在這裡，我就要和健太朗一起變成「閃亮的星星」。

——我一定是被詛咒了。全身上下都被詛咒了。

我張大雙臂，跳了下去。

——如果能在天堂相見，我們就在天空步道舉行婚禮吧。沒錯，要在最接近天空的地方。

如果我沒有下地獄的話……

【6月21日（星期六）午夜0點31分】

當我的意識逐漸薄弱之際，耳中傳來了人們說話的聲音。

「在這裡！快拿擔架來！有兩個女孩子，大約15歲左右。從高處墜落。其中一名少女主要受傷部位是右大腿、頭部受到撞擊、呼吸微弱、脈搏幾乎測量不到、臉色蒼白，生命跡象200。大概是掉在花圃裡，所以保住了一命。」

另一名少女全身挫傷、頸椎骨折、嚴重燒傷、沒有反應、沒有呼吸、沒有脈搏、瞳孔放大、生命跡象300。——咦？這是什麼？她身上好像有一張『器官捐贈同意卡』，名字叫佐竹舞。」

——『器官捐贈同意卡』？舞，妳怎麼會有那種卡？我真的猜不透妳心裡在想什麼。為什麼妳會是「生命的提供者」呢？

《請在1・2・3其中一個號碼上畫○。

①・在我腦死或是心臟停止跳動死亡之後，我願意提供臟器作為移植之用。

2・在我心臟停止跳動死亡之後，我願意提供臟器作為移植之用。

3・我不願意提供臟器。

選擇1或是2的提供者，若有不願意捐贈的臟器，請在上面畫×。

【心臟・肺・肝臟・腎臟・胰臟・小腸・眼球】

註記欄：皮膚、心臟瓣膜、血管、骨頭、我全部的一切都要捐贈。

署名日期：2009年5月3日

本人署名（親筆簽名）：佐竹舞

家屬署名（親筆簽名）：佐竹剛三》

「這邊這個少女還有救。快準備BLS和AED！立刻送她到醫院去。」

——我沒有死嗎？我想死。我想死啊。如果真的活下來了，我想去一個沒有人知道我做過什麼事的地方。

他們在我的嘴巴和鼻子罩上氧氣面罩、脖子裝上固定架，然後將我抬上擔架，和舞一起推進了救護車，之後我就失去意識了——

【死亡1人、剩餘1人】

夜鳴村——2010年6月

【6月3日（星期四）下午5點34分】

我看著顏色陰鬱泛黑的天花板，闔上了這本【飼育動物的觀察日記】。

奈津子，妳——

我也不知道該怎麼說，這是另一場【國王遊戲】，和金澤伸明體驗過的那場【國王遊戲】不同版本的【國王遊戲】。

伸明他們那一班儘管被困在毫無道理可言的死亡遊戲中，卻依然保持深厚的友誼，彼此幫助。可是，奈津子所經歷的【國王遊戲】卻不太一樣。同學之間彼此猜忌背叛、互相憎恨、鬥爭、殘殺。同樣是【國王遊戲】，怎麼會有這麼大的不同呢——

我閉上眼睛，靜靜地冥想了好一陣子，算是為那些死於【國王遊戲】中的學生們，祈求安息的禱告。

幾分鐘之後，我睜開眼睛站了起來。用手指抹了一下乾澀的嘴唇，然後朝一樓的玄關走去。我把變成廢墟的紫悶高中拋在後面，毅然地往前邁步而去。

我必須去那個地方。只有這樣，才能完成我被賦予的使命。等一切弄清楚之後，我一定要把這個事件公諸於世——

空氣中飄來陣陣鮮嫩的草香。如果是平常，我一定會感覺神清氣爽吧。可是現在的我，完全沒有心情享受這麼悠閒的氣氛。

這裡是一個長滿茂密樹叢的世界。雜亂生長的草木，把山路遮蔽得更加窄狹。樹林裡隱約傳來動物的低吼聲，聽起來好像來自遠方，而且似乎很痛苦。野鳥突然拍動翅膀，飛了起來。我摀住耳朵，發出尖叫。

太陽正逐漸西沉，天空被夕陽照得一片火紅。這段山路因為被茂密的草木所遮蔽，沒有一絲光線照射進來。剛才下電車之後，我便立刻跑去買手電筒。手電筒的光，成了我唯一的光線來源。

「不要緊的。」我一面這麼安撫自己，一面繼續往深處前進。

沿途掉落的碎木片，灑滿了整條山路。

大約走了2個小時，透過手電筒的光，隱約看得到前方有幾戶零星的民家。此時，太陽早已經完全隱沒，四周被黑暗所包圍。那是一個連月光、星光都照不進來的漆黑世界。

就在這時候，我發現大約100公尺的前方有一道光線，於是趕緊把手電筒關掉。

那道光大約有20公尺長吧？看起來好像也是手電筒的光。那道光好像在搜尋什麼東西似的，不停地往四面八方移動。

——有人在那裡。

我努力地把視力發揮到最大的極限。

——要不要上前打招呼？不，還是先觀察看看再說。

我無聲無息地往那個方向悄悄靠近，然後躲在附近一間廢棄小屋的後面偷看。因為光線實在太暗，我也不是很肯定，不過那個人影好像是個中年男子。一隻手裡還拿著一束白大菊。

——他是來這裡掃墓的嗎？在這種地方？選這種時間？如果是的話，又是要為誰掃墓呢？

那名男子停在一棟廢棄屋前面，不久便傳來一陣「軋——軋——」令人不悅的聲響。他推開那扇彷彿快要倒塌的拉門，走進屋內。

我躡手躡腳地溜到大門前，往裡面窺視。這時候，突然有個東西映入了眼簾。那是一塊破破爛爛、佈滿了鮮苔，寫著【本多】兩個字的門牌。

我瞇起眼睛，皺著眉頭，不自覺地發出了聲音。

「本多——智惠美。」

我屏住氣息，探出頭。偷偷地窺視房舍的內部。

泥土地面上散落著凌亂的桑葉和稻草，洋野黍、稗草、糠穗草之類的雜草茂密地生長著，還有一隻皮靴、沒有頭部的日本人偶娃娃、杵臼、蒸籠，凌亂地扔在地上。

真是個亂七八糟的玄關。

——現在該怎麼辦呢？

我站在原地，猶豫著該怎麼走下一步。

——裡面一定有什麼秘密。

於是我決定一腳踏入玄關。

玄關後面，有一個大約五坪大小的房間。正中央有個日本傳統民宅裡經常可以看到的，砌成正方形、裡面積著厚厚爐灰的「圍爐」。

我不發一語地在昏暗的屋內巡視著。房間角落擺著一座佛壇，剛才那個中年男子就端坐在佛壇前面、雙手合十地膜拜著。

「你在做什麼？」

我忍不住這麼問道。

「是誰！妳來這種地方做什麼？」

中年男性一臉驚訝地回頭看著我說。

不能跟他說實話，因為他不知道【國王遊戲】。雖然憋得難受，不過還是得忍住。

「我來這裡辦點事……」

「辦事？到這種地方辦事？簡直是胡來。妳還是高中生吧！」

「是的，我是高中生。這位大叔，您來這裡不也是來辦事的嗎？我怎麼就不覺得是胡來。對了，我叫兒玉葉月。大叔，您願意告訴我您的大名嗎？」

「……本多一成。」

——本多？果然，他和智惠美、還有奈津子一定有什麼關係。

我往佛壇的桌子看過去。

中間放著一張看起來還很新的遺照。照片裡有一個穿著全新的制服、站在校門口笑臉迎人的純真少女。遺照前面，還供奉著幾株白大菊。

一成哀傷地說道：

「很可愛的女孩子對吧？她是我的女兒智惠美。」

我的腦子突然快速地運轉起來，這種事過去從來不曾發生過。這下終於拼湊出完整的拼圖了！

——這個人是智惠美和奈津子的父親。這麼說，33年前在這個夜鳴村裡——

一成繼續說下去：

「我還有另外一個女兒，叫奈津子。她是智惠美的雙胞胎姊姊。當年，因為造化弄人，我只能扶養智惠美一個女兒。

至於另一個女兒——奈津子，則是送給別人扶養。我這個父親很殘忍，對吧？為什麼當年不一起扶養呢！我心裡明明知道，必須好好扶養奈津子和智惠美，可是……我的情感……和身體始終抗拒著。因為我無法接受。每次一聽到「奈津子」這個名字、或是呼喚「奈津子」的時候，過去的陰影就會不斷地折磨我。所以，我開始虐待她。」

一成究竟對奈津子做了什麼呢——他把過去發生的事情，詳細地說給我聽。他之所以坦承自己犯下的過錯，也許就是希望別人責罵他一頓吧——我是這麼認為的。

那是在奈津子和智惠美2歲半之前發生的事了。

有一天，這對姊妹哭個不停，一成抱起智惠美，心疼地哄著，卻對奈津子大發脾氣。因為她一直哭個不停，一氣之下把她關進壁櫥裡面，直到她停止哭泣為止。後來，奈津子大概是哭累了，結果就窩在壁櫥裡睡著了。當他看到奈津子吸著大拇指，睡得非常香甜的模樣，不知怎麼回事，突然感到怒火中燒。一成非常痛恨這樣的自己。

雖然一成很努力地改變自己，可是就是辦不到。他幾乎沒有抱過奈津子，因為他的身體一直很排斥她。

在奈津子的背上，有一大片一輩子都無法抹滅的燒傷痕跡。那是一成把哭鬧不已的奈津子，推向煤油爐所造成的。

他和妻子幾乎天天吵架，家庭面臨破碎，妻子因此離家出走。

智惠美學會說的第一句話是「爸爸，我愛你」，而奈津子的第一句話卻是「爸爸，對不起」。一成為此難過不已，內心承受極大的煎熬。「這兩個孩子又有什麼不一樣呢！」他咒罵著偏心的自己。

做錯事的人是一成，可是說「對不起」的卻是奈津子。雖然她並沒有做錯什麼事，可是年幼的奈津子並不瞭解。「對不起」似乎已經成了奈津子的口頭禪。

奈津子說的「對不起」，彷彿是在責怪一成，所以讓他感到痛苦不已，也因此，他對奈津子的虐行更是變本加厲。

〝再這樣下去，說不定我會殺了奈津子。〞一成有這樣的預感，於是決定暫時把奈津子交給自己的母親扶養。這樣對奈津子、對他都好。

奈津子被帶走的時候，一成的母親曾對他這麼說道：

「你真是差勁的父親。我知道你過去經歷的事情，所以一直不忍心責罵你。既然你現在拋棄她，那麼在奈津子長大成人之前，你都不准再出現在她面前，這是條件。」

一成拼命地忍住眼淚，可是最後還是白費力氣，淚水不聽使喚地奔流而下。母親看到他這副模樣，說道：

「為人父母的人不許哭！她是你的孩子，我相信不管是什麼樣的環境，她都可以熬過去，成為一個堅強又美麗的女孩。奈津子和智惠美一定會開心地長大。奈津子就由我來扶養，你也要一心一意地疼愛智惠美。等她們到了18歲，再讓她們姊妹倆見面吧。」

早已哭得不成人形的一成這麼說道：

「媽，謝謝妳。」

我不發一語地看著滿臉淚水、敘述自己過去種種罪孽的一成。

「妳不責罵我嗎？」

「就算我責罵你，又能怎麼樣呢？過去是無法抹滅的。」

「也許妳說得沒錯。幸好，現在跟以前不一樣。很多沒有父母、或是在單親家庭裡長大的孩子，已經不再受到歧視和虐待了。這是時代的潮流。」

「你怎麼可以有這種想法！」

我忍不住說了重話。因為，我實在無法壓抑內心的憤怒。

「就是因為有你這種想法的人變多了，所以動不動就離婚的夫妻也越來越多！以前的人，因為顧忌左鄰右舍的閒言閒語，所以不敢輕言離婚。可是現在的人卻不把婚姻當作一回事。除了離婚之外，還有很多孩子，是因為意外事故而失去父母的。

單親家庭要扶養孩子，是一件很辛苦的事。你以為一個單親家庭長大的孩子，有能力進大學念書嗎？不管是國立還是私立，想念完大學至少要花將近1000萬圓。老實說，單親家庭根本負擔不起！」

「妳聽到我虐待孩子都沒有責罵我，可是一聽到單親家庭卻這麼生氣。」

「因為我就是在這樣的環境下長大的。」

「妳恨妳的父親嗎？」

「沒錯。」

一成移開了視線，伸手去拿放在自己身邊的一樣東西，然後遞給我。

那是一把獵槍。我沒有多想，直接拿了過來。頓時，手臂感覺一股重量，彷彿那把獵槍上面，還有附帶其他重物似的。

「妳願意用那把槍殺了我嗎？」本多一成帶著無所謂的表情這麼問道。

「嗄？你說什麼？」

「我是不應該活在這個世界上的人。那個時候——我早就應該死了。像我這種讓孩子不幸的父親，沒有資格活在這個世界上。」

「你要讓我變成殺人犯嗎？」

「我已經在家裡留了一封遺書，不會有人懷疑妳的。我本來想自殺，可是獵槍的槍管太長了，無法朝自己發射。也許獵槍的設計，就是要防止人們自殺吧。」

的確。從槍口到扳機的距離，已經超過一個成人的手臂長度，不過，用腳趾頭扣扳機的話，還是辦得到的。

「你以為死了，就可以彌補自己犯下的過錯嗎？」

也許，這個人早就希望有人殺掉他了吧。他認為，這是對他的一種懲罰。

「我並沒有這麼想。——事實上，我是個殺人無數的兇手。要是妳不殺我，我就會殺妳。我是說真的。在這種偏遠的廢棄村落，不會有人來救妳的。即使我在這裡侵犯妳也一樣。——對了，假設妳陷入這樣的情境好了。既然妳還在念高中，那麼應該有同學吧？如果有人命令妳，要妳殺死班上的一名同學，那麼，妳會挑誰呢？」

「……我才不會殺人呢。」

「一定要殺一個才行。」一成說這句話的時候，眼神看起來非常猙獰。

——我想起來了，這個人在33年前，也曾經在【國王遊戲】中面臨過無數次慘無人道的抉擇。也就是說，他是從地獄裡活著回來的人。

「如果，我也陷入了那種情境的話，我會和好朋友——商量之後再決定。」

「我本來想回答妳『原來如此』，不過這種事情，越商量就會越不知所措，到頭來還會因為受不了心靈的折磨而自我毀滅。而且——就算妳和朋友的交情再好，也不可能意見一致吧。」

「這個我自己會想辦法。」

「那麼，我再附加一個設定好了。假設，妳有一個男朋友，而他被妳班上的同學殺死了。——問題來了，如果有人命令妳，要妳殺死班上的一名同學，那麼，妳會挑誰呢？」

「殺死我男朋友的那個人。」

「是嗎？」

「你到底想說什麼？」

「妳和我之間，只能有一個人存活，而選擇權在妳的手上。妳不殺死我，就是被我殺死。妳會怎麼做？」

我感到一陣恐懼，不知道該如何回答這個問題。一成低下頭，繼續說道：

「求求妳，殺了我吧！我是不應該活在這個世上的人。繼續活著的話，將來還會有人被迫得要做這樣的選擇。那個遊戲——還會捲土重來的。」

——那個遊戲會捲土重來？

我拿起獵槍對著一成。槍口抖動著。

「我、我還是辦不到。」

「現在不殺了我的話，將來我一定還會逼迫像妳這樣的孩子！我已經殺了太多人了！快扣下扳機吧！」

——不對，你並不是因為自己想殺人，所以才殺人的。

「拜託。不能再有人犧牲了。」

——不能再讓【國王遊戲】繼續下去了。

我會來這裡並不是偶然，而是有一股力量在牽引著我。我必須完成我被賦予的使命才行。

——我被賦予的使命是……？

我把獵槍的槍口頂在一成的耳朵上方。一成喃喃地說道：

「智惠美、奈津子，妳們要原諒爸爸。奈津子，妳要幸福地活下去喔。——來吧，讓我從詛咒之中解脫吧。」

「我被賦予的使命……」我緊閉雙眼，扣下了扳機。一切就在一瞬間。

「謝謝……人寧願被殺……也不想自殺……原諒我……」

本多一成緩緩地倒下，發出「啪咚」的撞擊聲之後，就這麼躺在地上了。

我將獵槍丟到地上。槍口冒出一縷白煙，煙硝味刺激著我的鼻子。那股味道聞起來和仙女棒很類似。

為了幫一成早日脫離苦海，也為了不讓【國王遊戲】的傷害向外擴散，我射殺了本多一成——智惠美和奈津子的父親。

這就是我被賦予的使命。

——我不應該捲入這個事件的。

此刻，我的靈魂和身體正在逐漸分離。最後，我跪了下來，無力地癱坐著。

【6月4日（星期五）凌晨2點4分】

不知道過了多久的時間。

我站起身來，走出那棟廢棄的破屋，在夜鳴村裡漫無目的地走著。為什麼我還流連在這個荒廢的夜鳴村，遲遲沒有離開呢？——我也不知道原因。這個世界上，並不是每件事情，都可以找到理由解釋的。

我一面閒晃一面想著。這裡還真是恐怖呢。

這個村子和大家平常所在的那個世界，有著不同的時間軸。正常世界裡的1小時，大概是這裡的1天吧。不，也許剛好相反。總之，我就是有這樣的感覺。可能是受到眼前景物的影響吧。

這個廢棄村落的風貌，幾十年來都不曾改變過，只有時間不停地流逝……

太陽升起了。東方的天空慢慢亮了起來。旭日的陽光灑在我臉上。

為了觀賞更棒的視野，我爬上一處高丘。站在那裡，反射耀眼光輝的村子盡收眼底。凝望著眼下那一排排古老的街道，自己彷彿掉進了村民們幾百年來所建構的悠久歷史中。

我就這樣一直待在高丘上凝思，直到夕陽西下，黑暗再度籠罩。

由於這個村子在手機的收訊範圍之外，此時，我才注意到，一直待在這裡的話，就沒人能聯絡得到我了。

老媽和麻美一定很擔心我吧。我決定再去看本多一成一眼，然後就離開村子。

當我再次回到那棟廢棄的破屋，打算在一成的屍體旁邊坐下時，耳邊突然傳來有人說話的聲音。

我豎起耳朵專心聆聽。那是男性的聲音，而且不只一人。我趕緊躲進壁櫥裡。

腳步聲越來越靠近，好像有人走進屋裡來了。

「這、這也太慘了吧……居然……變成這樣……我……我再也……受不了啦！」

那個人「吁、吁」地喘著氣，呼吸很急促，讓人懷疑他是不是犯了氣喘。然後那個人又開口說道：

「野狗的嘴巴周圍有凝固的血跡……是……因為野狗在吃他嗎？」

——野狗吃了他嗎？這附近有野狗？

「難……難道……這個人、是智惠美的父親……唔啊啊！唔啊啊啊！這是智惠美的父親嗎！為什麼會在這裡呢！」

智惠美的父親？這個人知道本多一成的事嗎？聽到接下來的對話，讓我整個人瞬間楞住了。

「怎麼了，伸明！發生什麼事了？我馬上過去！」

——伸明？難道……

「不要進來！千萬不要進來！」

「什麼叫千萬不要進來！我是來救你的啊！」

「不用你多事！就算健太進來也無濟於事，什麼忙也幫不上。只會讓我困擾而已！」
「我來這裡，是因為想要幫助伸明，助你一臂之力啊！」
「幫助我？過去的我，跟朋友說過不知多少次『我會幫助你、我會救你』，可是，卻從來沒有成功過。我沒能保護他們！光是用嘴巴說說，誰都辦得到！」
「你不要自暴自棄！你絕不是那種只會嘴上說說的人！你想要幫助別人的那顆心，絕對不是虛偽的！
……你稍微冷靜一點吧。不冷靜下來的話，就會看不清事實……伸明，這位死者是……」
我悄悄地將壁櫥的門拉開一條縫，好偷看房裡的動靜。
那個穿著黑色薄夾克和牛仔褲的人，應該就是伸明吧。旁邊那個穿著連身服、大約180公分高的人是誰？剛才伸明好像叫這個高個子「健太」的樣子。
伸明脫下自己的外套，蓋在本多一成的屍體上。
「只能這樣解釋了，這樣就連得起來了。對吧？健太。」
——那個和伸明站在一起、鄉下口音很重的男生，應該就是健太了。
突然，健太在嘴唇邊豎起食指，比了一個「等一下」的暗號，低聲說道：
「你有沒有聽到，好像有人在笑的聲音。」
「……是不是美月？」
「我叫她在外頭等著。可是，聲音像是在房子裡……聽起來很近……」
「是誰？快出來！」健太大聲嚷嚷道。

——該怎麼辦呢？要從這裡出去嗎？我想跟伸明、還有那個叫健太的人談談，可是——

「誰在那裡？」健太又再度大喊，把伸明嚇了一跳。躲在壁櫥裡的我，蜷縮著身體，不敢發出聲音。

「這麼說來，美月到哪去了……？」

「我叫美月在玄關那裡等著。」

「不對啊，剛才你這樣大叫，她不可能沒聽到吧。按照常理，她至少應該反問：『你在叫什麼？』才對呀！」

健太呼喚著「美月！」，匆匆忙忙地跑出了屋子。

「我也跟你去！」

伸明離開房子之前，好像臨時想到了什麼，又往一成的屍體這邊跑回來。他拿走那把獵槍，跟在健太後面追了出去。

剛才還很吵雜的室內，一下子又變得寂靜無聲。伸明該不會又被捲入【國王遊戲】，所以才又回到夜鳴村來吧？

也許，我可以幫上伸明他們的忙。可是，我剛才殺了伸明的女朋友智惠美的父親，因為這層顧慮，我才沒有從壁櫥裡出來。

——對不起，說不定我已經改變歷史了。

如果，先在這裡遇到本多一成的人是伸明，或許未來的發展就會完全不一樣了吧。當初，我因為對【國王遊戲】很感興趣，自以為「這是上天賦予我的使命」，於是來到夜鳴村進行調查，沒想到卻因此殺了本多一成。原諒我。

我躲在壁櫥裡，偷偷地哭了起來，為自己犯下的罪行感到懊悔不已。

哭累了之後，我離開破屋，又繼續在村子裡四處遊蕩。不知道為什麼，待在這個廢村裡，被四周環境包圍的感覺，讓我感到非常輕鬆自在。

在這裡，不會有人責罵我、或是對我發脾氣。說不定，我已經愛上這個渺無人煙、沉默安靜的世界了。

離開破屋之後，我在外面走了好幾個小時。舉目望去，除了樹木、還是樹木。走著走著，好像在森林裡迷路了。

已經連續好幾天都沒有吃東西了。嘴巴很渴，肚子也餓得咕嚕咕嚕叫，可是內心卻一點也不會感到焦慮不安。也許，就這樣死在這裡也不錯呢。我這麼想著。

走在茂密的森林裡，口渴了就喝溪水、肚子餓了就吃紅色的樹果、累了就枕著樹葉睡覺。

途中，我看到了健太，還有一個穿著寬領毛衣和窄裙的女孩。他們兩個肩並肩、握著彼此的手，靠著路邊的護欄坐在一起。當然，他們已經死了。

凡是和【國王遊戲】扯上關係的人，都會死去。

健太的褲袋裡，有一條捲起來的項鍊半露在外面。我伸手把它拿過來，戴在自己的脖子上。

這麼做，並不是因為我想要那條項鍊。這樣說，或許有點失禮吧。其實我對這個女孩子沒有絲毫的感情，只是想用某種方式——保留這個女孩的遺物而已。

太陽第二次西沉之後的隔天白天，我幸運地走出森林，回到了那個荒廢的村子。

迷失在森林裡的那段時間，有好幾次我差點自殺，可是最後還是提不起勇氣。親手結束自己的生命，是一件多麼不容易的事啊。我這麼想著。這一刻，我終於能夠體會本多一成當時的心境了。

最後，我離開了夜鳴村，重新回到我生長的故鄉。

【6月7日（星期一）晚間9點20分】

我來到車站前那間被年輕人擠得水洩不通的麥當勞。當我站在櫃檯前排隊時，原本排在旁邊的人卻匆匆閃避。連我身後的顧客，也刻意和我保持距離。每個人好像都避之唯恐不及似的。

為什麼？

因為我殺了人嗎？

他們怎麼會知道？

從自動門的玻璃上，我看到了全身髒兮兮、蓬頭垢面的自己。好幾天沒有換洗的制服，也發出了陣陣的惡臭。

——就因為這樣，所以大家才不敢靠近我嗎？真是無聊。

雖然心裡感到不舒服，不過換個立場想，換作是我，也會退避三舍吧。我心想，如果是和朋友在一起的話，我們一定會低聲地咒罵說：「喂，看看那個人，好髒喔。」

原來4天不洗澡，就會變得這麼髒嗎？

在森林裡迷了路，怎麼洗澡啊！等等，這裡有誰會知道，我所遭遇到的真實情況呢？現在的人都只靠外表去評斷一個人，根本沒有人想要瞭解事情的真相。

大街上擦肩而過的行人們，個個都在忙自己的事情。

在路上拼命奔跑的人，是不是約會遲到了？還是因為怕遲到，所以才拼命奔跑？

或許是他的朋友快死了，所以急著趕去醫院？

說不定，那個人也被捲入了【國王遊戲】，所以才會跑得那麼匆忙。

光從表面，根本無法判斷出隱藏在那個人背後的真相。——即使那個人是殺人犯，也不會有人知道。

我這個人不太敢喝碳酸飲料，平常幾乎不喝可樂。可是，今天我卻點了漢堡、薯條和可樂的套餐。結完帳後，我端著盤子爬上2樓，選了一個四人座的空位坐下來。

靠近窗戶的位置，坐了三個看起來像是剛參加完社團活動的高中女生。她們原本還有說有笑，可是一看到我出現，笑聲就停止了，每個人都像是看到什麼髒東西一樣地盯著我，然後又低頭竊笑。

我大口喝著可樂、狼吞虎嚥地吃著漢堡，完全顧不得那是什麼滋味。這是怎麼回事呢？平常不愛喝的汽水，現在居然毫不在意地大口喝下？不到3分鐘的時間，我已經把套餐全部掃進肚子裡，就連沾在漢堡包裝紙上的醬汁，也舔得乾乾淨淨。

我靠在椅背上，盯著手機看。這裡收得到訊號呢。不過，這也是理所當然的。我連上網路後，打開之前加入到【書籤】的網站。【國王遊戲】推出新的文章了！

我看完了【國王遊戲】的續集——【國王遊戲〈終極〉】。看樣子，遊戲好像結束了。

不知過了多久的時間，看完小說的我，已經完全搞清楚發生在伸明他們身上的事了。

沒有一個人存活下來。大家都死了。凡是捲入【國王遊戲】裡的人都死了。

莉愛、輝晃、健太、愛美、美月、遼、里緒菜──還有伸明和奈津子──。真是令人無限哀傷的結局。

我緊緊地握住掛在脖子上的那條項鍊。

──美月，這是你交給健太的東西吧。

──奈津子的夢想是『將來要當幼稚園褓姆，幫助那些跟我一樣無父無母的孤兒，帶給他們們夢想』──因為妳在幼年時期，遭到父親虐待的緣故吧？

──我想起來了，在『終極』時，吳廣高中的學生們曾經這麼說過：

『聽說奈津子的爸媽都已經過世了，妳知道嗎？』

『沒聽說過耶。真的嗎？』

『嗯。奈津子好像曾經自殺過喔。大概是自殺的後遺症和精神創傷吧，她完全想不起小時候的記憶了。現在她和祖母住在一起呢。』

奈津子最後跳樓自殺了，不過並沒有成功。

接下來的部分，只是我的猜想──

奈津子因為自殺未遂，所以忘了自己經歷【國王遊戲】之前的記憶。可是，她最想遺忘的記憶，卻仍舊殘留在她內心深處。【國王遊戲】的記憶，怎麼樣也無法抹去。這是多麼悲哀的事啊！

奈津子一定很想忘，卻忘不了吧？因為【國王遊戲】的體驗，已經深深烙印在她的腦海。這段恐怖的記憶，將會一輩子如影隨形地跟著她。

「奈津子的爸媽都已經過世了」這件事，很可能是奈津子的奶奶，在她墜樓獲救之後，故意騙她的吧。

突然間，我想起了一件事。

奈津子喜歡的人是健太朗，我見過的那個人叫健太。這兩個人的名字，剛好都有「健太」兩個字。健太朗感覺比較溫和，不像健太那樣充滿正義感，又愛逞強。可是，不知道為什麼，總覺得他們之間好像有什麼相似之處。

『奈津子，妳想保護的人……是什麼樣的人？是從懸崖跳下去的那個人吧？』

奈津子這麼回答：

『……那個只會說場面話的笨蛋，還說要保護大家呢。』

奈津子打從心底討厭健太，這是為什麼呢？是不是因為看到健太，會讓她想起健太朗？還是因為，她把健太朗和健太重疊在一起了？其實，奈津子一直都在追尋著健太朗的影子吧。

後來，奈津子繼承了她的死對頭舞的性格。我記得她曾經拿竄改過的簡訊給健太看，因為舞也用過這招。

因為健太酷似健太朗，所以奈津子非常討厭健太。可是，她非常討厭舞，自己卻越來越像舞。這是多麼諷刺的事啊！

伸明留給他母親的那封信，最後是這麼寫的：

『雖然知道明天有可能會死……但是，即使如此，我還是希望能活到最後一刻。』

而奈津子在『終極』的時候，為了從痛苦中解脫，則是用盡各種手段，殺死自己的同學。這兩個人的想法，到他們死去之前，一直都是對立的。

健太在死前曾經對伸明說『總有一天心願會得到報償』。

可是到頭來，沒有任何人的心願得到報償。——希望你得到好的報償。——希望你能夠好好活下去。在『終極』的時候，伸明收到了31個字的訊息，那是智惠美來不及傳給伸明的心願，也是她臨死之前的願望。

【希望伸明能夠連同大家的份過著永遠幸福的日子，我相信這樣的未來。】

什麼連同大家的份過著永遠幸福的日子。——伸明自己也死啦。那是包括伸明在內的31名同學全部死去之後，才能收到的訊息。

只有大家全部死去才能收到的訊息。多麼感傷和無奈啊——讓人完全不知道該說些什麼才好。

真想把這個訊息拿給已經死去的伸明看。不知道他看完之後會說些什麼呢？

將來有一天，也要把那個訊息傳達給本多一成才行。那個來自33年前，被你殺死的奈津子所發出的訊息：

【能夠遇見你是我這一生中最幸福的事，我對你的感情永遠都不會改變。】

伸明和智惠美、健太朗和奈津子、健太和美月、直也和莉愛——想傳送的訊息太多了、想傳達的人太多了，我都不知道從哪裡開始了。

我的腦中有個想像。奈津子和健太朗手牽著手，正在散步的時候，智惠美叫住了他們。

「姊姊，你們要去哪裡？」

「不告訴妳，這是秘密！智惠美，妳和伸明要去哪裡？」

「小氣！妳不肯說的話，我也不告訴妳。」

智惠美和伸明也是手牽著手。伸明笑著說：

「健太朗，球賽沒有問題吧？我們班有很多運動白痴，直也就是最嚴重的那個。」

「……我比直也好多了——應該沒問題啦，況且，不是還有健太嗎？如果真的快輸了，就把對方撲倒，這樣就贏定了。當然，這樣算是犯規啦……」

「如果是健太，也許還有希望。他一定會大叫說『我不會輸的』。」

奈津子對著抱在懷裡的寶寶，露出溫柔的微笑說道：

「智惠美，要好好牽著伸明的手……不可以放開喔。」

「我不會再放開了。姊姊也是喔。」

「我也不會再放開了。對了，智惠美、伸明，要不要跟我們一起走呢？」

「去哪裡？」

——這、這個嘛……

突然，我的手機鈴聲響起。

「妳的手機怎麼一直打不通啊？妳跑到哪裡去了？吳廣高中後來發生大事了耶！現在學校

裡面來了好多警察呢……我剛剛看了電視新聞，情況真的好慘啊！」

「哪一台？」

「每一台都在播啊。」

我掛斷通話，用手機收看One Seg TV。畫面上還有一串跑馬燈字幕在跑。

【國王遊戲：這是住在日本的所有高中生一起進行的國王遊戲。國王的命令絕對要在24小時內達成。※不允許中途棄權。＊命令1：廣島全部的高中生移動到岡山縣　END】

坐在鄰桌一對染了金髮的高中生情侶，嗤嗤地笑著說道：

「這是什麼啊？」

「國王遊戲？從廣島移動到岡山？也太好笑了吧。」

「不如我下次去參加聯誼的時候，也來玩國王遊戲吧。」

「開什麼玩笑！你去的話，我就揍扁你。」

「妳敢揍我試試看，醜八怪。」

我站起來，朝那對情侶瞄了一眼，然後把托盤、包裝紙和飲料紙杯都留在桌子上，頭也不回地離開了。

我來到1樓的出口，自動門打了開來。我往車站的方向走去，一面抬起頭看著天空，一面喃喃地說：

「〝結束〞就是〝開始〞——一切都是——為了這個目的。」

吳廣高中——2009年9月

【9月1日（星期二）上午8點31分】

「現在介紹剛轉來本班的新同學。來，進來教室做自我介紹吧。大家拍手歡迎！男生們有福了！長得很可愛喔！」

教室裡的每個男生，臉上都浮現出欣喜的笑容。

像孩子般天真開朗的老師、還有活潑熱情的學生們，紛紛開始起鬨。

「喂，是什麼樣的女生啊？」

「聽說是正妹呢！太棒了，我想要報名當她的護花使者！」

「不要高興得太早！你們瞧，當我們為了〝正妹〞開心時，女王陛下可是氣得要命呢。」

教室的門打開了，新同學走進教室。當她站在講台前面，看著大家時，班上男學生的歡呼聲，變得比剛才更熱烈了。

新來的轉學生皮膚的顏色像是珍珠一般，彷彿這輩子從來沒被太陽曬黑過一樣。她有著圓圓大大的眼睛、清晰的雙眼皮、淺粉紅色的嘴唇。頭髮只有留到脖子，還用粉紅色的髮夾，把前額的頭髮夾在右耳旁邊。

然後她用開朗、充滿朝氣的聲音，跟班上同學打招呼：

「大家好！我叫本多奈津子！請多多指教！」

在老師的指引下，新同學走到自己的座位。才剛坐下來，後面就有人拍拍她的肩膀，說道：

「我叫里緒菜，大家都叫我『女王』，我也不知道為什麼。請多多指教。我警告妳，不要因為自己長得可愛就跩起來喔。敢跟我里緒菜作對的人，休想活命。」

「里緒菜，人家第一天剛來，不要嚇人家啦。」

「你少管閒事，健太！」

新來的轉學生詭異地揚起嘴角，露出一種奇特的微笑，彷彿是在預告著不祥的事件即將發生一樣。

「如果真的碰到那種狀況的話，還請大家手・下・留・情・喔。」

班上沒有人發現，她的笑容裡所隱藏的訊息——

當兩條線結合成一條線時，線就會變粗。

所謂的〃終極〃——就是指事物的〃盡頭〃。

所謂的〃盡頭〃——就是指永無止盡的擴散。

——而那個，就是人類即將面臨的威脅。

逆思流

國王遊戲〈臨場〉

（原名：王様ゲーム 臨場）

作者／金澤伸明
譯者／許嘉祥
發行人／黃鎮隆
總編輯／洪琇菁
責任編輯／路克
企劃宣傳／邱小祐・劉宜蓉
協理／陳君平
國際版權／林孟璇・劉惠卿
美術編輯／李政儀
文字校對／許煒彤

出版／城邦文化事業股份有限公司 尖端出版
台北市中山區民生東路二段一四一號十樓
電話：（〇二）二五〇〇—七六〇〇
傳真：（〇二）二五〇〇—二六八三
E-mail：7novels@mail2.spp.com.tw

發行／英屬蓋曼群島商家庭傳媒股份有限公司城邦分公司
尖端出版 行銷業務部
台北市中山區民生東路二段一四一號十樓
電話：（〇二）二五〇〇—七六〇〇（代表號）
傳真：（〇二）二五〇〇—一九七九
讀者服務信箱：sandy@spp.com.tw

中彰投以北經銷（含宜花東）／高見文化行銷股份有限公司
電話：〇八〇〇—〇五五—三六五
傳真：（〇二）二六六八—六二二〇三

雲嘉經銷／威信圖書有限公司 嘉義公司
電話：（〇五）二三三—三八五二
傳真：（〇五）二三三—三八六三
客服專線：〇八〇〇—〇二八—〇二八

南部經銷／威信圖書有限公司 高雄公司
電話：（〇七）三七三—〇〇七九
傳真：（〇七）三七三—〇〇八七

香港總經銷／城邦（香港）出版集團有限公司
香港灣仔駱克道一九三號東超商業中心一樓
電話：（八五二）二五〇八—六二三一
傳真：（八五二）二五七八—九三三七
E-mail：hkcite@biznetvigator.com

法律顧問／通律機構
台北市重慶南路二段五十九號十一樓

二〇一二年六月一版一刷
二〇一六年五月一版二十刷

■中文版■

郵購注意事項：
1. 填妥劃撥單資料：帳號：50003021戶名：英屬蓋曼群島商家庭傳媒(股)公司城邦分公司。2. 通信欄內註明訂購書名與冊數。3. 劃撥金額低於500元，請加附掛號郵資50元。如劃撥日起 10～14日，仍未收到書時，請洽劃撥組。劃撥專線TEL：(03) 312-4212 ・ FAX：(03) 322-4621。E-mail：marketing@spp.com.tw

國家圖書館出版品預行編目資料

國王遊戲 臨場/ 金澤伸明著；許嘉祥譯. — 1版. —
臺北市：尖端出版，2012.06
面；公分
譯自：王様ゲーム 臨場
ISBN 978-957-10-4863-5（平裝）

861.57　　101005162